KB114136

완벽한 인생

방태산 장편 소설

FUSION FANTASTIC STORY

PERFECT LIFE

완벽한 인생 3

방태산 장편 소설

초판 1쇄 찍은 날 § 2014년 10월 24일
초판 1쇄 펴낸 날 § 2014년 10월 31일

지은이 § 방태산
펴낸이 § 서경석

편집부장 § 권태완
편집책임 § 한준만

펴낸곳 § 도서출판 청어람
등록번호 § 제387-1999-000006호
등록일자 § 1999. 5. 31
어람번호 § 제1-1968호

주소 § 경기도 부천시 원미구 부일로 483번길 40 서경B/D 3F (우) 420-822
전화 § 032-656-4452 팩스 § 032-656-4453
http://www.chungeoram.com
E-mail § chungeorambook@daum.net

ISBN 979-11-316-9261-5 04810
ISBN 979-11-316-9203-5 (세트)

③ 완벽한 인생

방태산 장편 소설

FUSION FANTASTIC STORY

PERFECT LIFE

완벽한 인생

PERFECT LIFE

CONTENTS

1장
립서비스

신재숙은 마스크를 벗고 침을 삼켰다.

뜨거운 기름을 뒤집어쓰고 병원으로 향한 날 그녀는 직감했다. 앞으로 여자의 삶은 포기해야 할 거라고.

하지만 문제는 그보다 더 심각했었다. 근육과 신경조직까지 손상되는 4도 화상은 그녀의 목숨까지도 위태롭게 했기 때문이다.

신재하는 사업까지 포기하고 그녀의 곁을 지켰다. 그가 없었다면 그녀는 삶의 미약한 끈을 놓았을지도 모른다.

수차례의 수술 끝에 깨어나 거울을 마주보았다. 끔찍한 그 모습을 아무렇지도 않게 보아주고 그녀의 절망을 담담히 받아준 오빠, 신재하가 있었기에 극단적인 선택은 하지 않을 수 있었다.

그러나 예전처럼 대해주는 것은 오빠뿐이었다. 다른 가족들은 동정하고 슬퍼했으며 불쌍하다는 눈초리로 그녀를 보았다.

가족들이 그럴 지경인데, 남들은 어땠을까?

동물원의 원숭이 보듯이 바라보는 사람이나 혐오하는 사람이 대부분이었다. 그런 눈빛이 싫어서 일에만 매달려 왔다.

그렇게 전력을 다한 신재숙의 실력은 최고였다. 그녀의 음식을 맛본 사람은 누구나 엄지를 치켜세우며 칭찬하기 바빴다. 그 실력 덕분에 국내 최고 호텔의 메인 셰프가 될 수 있었다.

그러나 그녀의 외모가 문제였다. 몇 년 후에 새롭게 취임한 호텔 사장은 호텔의 격을 떨어트린다며 그녀를 해고했다.

실력을 인정받았는데도 불구하고 외모 때문에 해고당하다니. 그 이후로도 비슷한 일이 이어졌고 그 충격으로 한동안 폐인처럼 지내기도 했었다.

그런 사정을 알게 된 신재하는 하던 사업을 접고 여러 식당을 전전하며 일을 하기 시작했다. 동생을 꾸준히 돌보는 것도 소홀히 하지 않으며 3년을 보냈다.

3년이 지난 어느 날, 신재하는 가게를 차렸다. 그리곤 쑥스러운 얼굴로 동생을 불러 주방을 맡아 달라 했었다.

마지못해 끌려간 가게의 주방은 온통 그녀를 배려한 흔적이 역력했다. 조리 기구는 그녀의 동선을 감안하여 배치되어 있었고 가스레인지나 전용 화덕도 최고급이었다. 가게 인테리어보다 주방에 쏟아 부은 돈이 더욱 많아 보일 지경이었다.

더불어 신재하는 마스크 따위 쓸 필요 없다고 했었다.

우리 가게.

남의 눈치를 보면서 일할 필요 없다며 당당하게 하라고 말했었다.

하지만 그녀는 그럴 수 없었다. 세상에는 별의별 사람이 다 있고 자신으로 인해 오빠가 피해를 보는 것은 죽어도 싫었다.

그래서 지금까지 외부에 얼굴을 비추지도 않았고 마스크를 벗지도 않았었다.

언제까지 그럴 수는 없었지만 용기가 나지 않았다. 오빠 외에는 자신을 평범하게 봐줄 사람은 없다는 좌절감이 외부와의 단절을 불러왔다.

그랬었는데.

눈앞의 강산이란 남자는 달랐다. 분위기 자체도 그렇고 그의 눈빛은 잔잔한 호수를 보는 것만 같았다.

단 한 명이라도. 오빠 외에 자신을 아무렇지도 않게 봐줄 사람이 있었으면 하고 바랐었다. 그랬다면 좀 더 용기를 가지고 당당하게 세상을 바라봤을 것이었다.

'넌 어떻지?'

신재숙은 강산의 눈을 똑바로 바라보았다.

마스크를 벗는 것을 보며 예상은 했었다. 중원에서 여인이 얼굴을 가리는 이유는 보통 두 가지이기 때문이다.

미인, 또는 추녀.

강한 무공을 지닌 고수이거나 막강한 배경을 가져 누구도 넘볼 수 없는 위치에 있는 여인일 경우에는 얼굴을 가리지 않는다. 외모로 뭐라고 하거나 함부로 추파를 던졌다가는 비명횡사할 수 있기 때문이다.

그런 중원과는 다르지만 일단은 추녀다. 상처 때문에 미인으로 봐줄 수는 없었다. 그래서 솔직히 말했다.

"못생겼어요."

강산은 거짓말을 하지 않는다. 자신의 말에 책임질 자신이 있기 때문이다.

신재숙이 당황스런 표정이 되었다.

"못생겼다고?"

지금까지 이렇게 대놓고 말하는 사람은 없었다. 안 됐네요, 상처만 아니면 참으로 미인이셨을 거 같은데 안타깝네요, 등의 이야기를 하는 사람이 대부분이었다.

"네. 확실히 얼굴은 못생기셨어요. 게다가 못나기까지 하셨네요."

"못나?"

못생겼다는 건 그렇다 쳐도, 못났다는 건 또 무슨 말이지?

"마스크를 쓴 이유가 그 외모 때문인가요?"

"그래. 이런 얼굴을 들고 다닐 수는 없잖아?"

그녀의 입가가 비틀렸다. 상처 때문에 그 모습이 기괴하도록 슬퍼보였다.

"역시 못났네요."

"뭐야?"

발끈한 신재숙이 주먹을 움켜쥐었다. 좋은 말도 계속 들으면 질리게 마련이다. 하물며 나쁜 말이야 더 해 무엇 할까.

그녀가 화를 내려던 찰나에 강산이 타이밍을 끊었다.

"조미료 안 쓰죠?"

이곳에서 먹는 요리 중에 조미료의 맛은 없었다. 아무리 먹는 것에 관심이 없는 강산이라도 뛰어난 그의 신체 능력은 미각에서도 남달랐다.

신재숙은 요리에 관한 이야기에는 민감했다. 강산이 그걸 알고 한 것은 아니었지만, 그녀는 그의 예상대로 화를 내지 않고 고개를 끄덕였다.

"조미료 쓰는 우리 엄마보다 훨씬 더 맛있어요."

강산이 엄지를 척 추켜올렸다.

어머니, 죄송해요. 어머니의 요리가 맛없는 건 아닙니다. 다만 조미료를 쓰긴 하시잖아요?

세상 어느 요리를 먹어도 어머니의 손맛은 따라올 수 없는 법이었다. 강산도 마찬가지로 밖에서 먹는 요리보다 어머니의 요리를 더 좋아하긴 한다.

단지, 좋아한다는 것과 맛있다는 것은 조금 차이가 있을 뿐이다.

"실력 있는 사람은 당당해야 합니다. 셰프는 최곱니다."

실력이 없다면 얼굴 예쁘고 잘생긴 거 소용없다. 외모만 믿는 연예인 중에 오래가는 사람이 얼마나 될까? 외모가 뛰어나도 연기 못하고 노래 못 부르면 결국에는 잊히게 마련이다.

신재숙의 얼굴은 노력의 상처였다. 그만큼 요리에 열정을 가지고 쉼 없이 달려온 증거였다. 그 증거를 부정하는 것은 자신의 인생을 부정하는 것과 다를 바가 없었다.

강산이 투명한 입가리개를 내밀었다.

"이거 쓰세요."

신재숙의 눈에 강산의 눈동자가 비춰졌다. 그의 눈동자는 처음과 같았다. 지금까지 겪어왔던 처참한 기분을 들게 하는 감정은 한 줌도 보이지 않았다.

"셰프는 천하제일입니다."

천하제일이라는 말에 풉 하고 실소가 나왔다.

나쁘지 않았다. 오랜만에 느껴보는 편안한 감정이다. 왜 그런지 몰라도 그를 보고 있으면 마음이 안정되었다.

강산의 손에서 입가리개를 받았다. 때마침 프린터가 소리를 내며 주문이 들어왔다. 입가리개를 한 신재숙의 손이 바쁘게 움직이기 시작했다.

그녀의 손놀림은 천하제일의 고수와도 같았다.

*　　　*　　　*

"얘들아, 이거 좀 먹고 해."

한가한 시간, 신재숙이 손수 간식을 들고 주방에서 나왔다. 1인용 앞접시에 보기 좋게 담긴 파스타였다.

"와아! 맛있겠다!"

"언니, 잘 먹을게요!"

여자 알바생들이 호들갑을 떨며 접시를 받았다. 남자 알바생도 마찬가지였다. 저마다 맛있다고 한마디씩 하며 간식 시간을 즐겼다.

'잘 됐어.'

신재하는 동생의 모습을 흐뭇하게 바라보았다. 마스크를 벗은 맨얼굴로 사람들과 어울리는 모습이 그의 가슴을 따뜻하게 해주었다.

사람이 변하는 것은 매우 어렵기도 하지만, 계기만 주어진다면 한순간에 변할 수도 있는 것이 사람이었다.

그 계기를 준 것은 강산이었다. 그가 주방에 다녀온 후로 동생은 마스크를 벗었다. 며칠간은 어색한 모습을 보이며 적응을 못 하는 것 같았는데 강산과 정지석이 아무렇지도 않게, 때로는 살갑게 대하기까지 하자 지금에 이르렀다.

"뭐 먹고 싶은 거 있어?"

"해주시게요?"

"그래. 말해봐. 재료가 있는 거면 해줄게."

아직은 어색한 웃음이었건만, 신재하가 보기에는 세상에서 가장 눈부신 미소로 보였다.

신재하도 기분 좋게 파스타를 먹고 있는데, 하우스펍의 출입구가 열리며 새로운 손님들이 들어왔다.

"마저 먹어. 내가 나갈 테니까."

그는 알바생들을 쉬게 두고 직접 나섰다. 동생이 사람들과 어울리는 일을 방해하고 싶지 않았기 때문이다.

손님들을 향해 다가가던 그가 반가운 얼굴을 했다. 그가 인사를 하기도 전에 손님들이 먼저 인사를 해왔다.

"안녕하세요?"

환한 미소를 짓는 여자는 이서경이었다. 그녀만이 아니라 신하윤과 한지겸도 있었다.

"어서들 와요. 병원에서 본 산이 친구분들이죠?"

"네. 기억하시네요."

당연한 일이었다. 세 사람의 외모는 쉽게 잊혀질 만한 것이 아니었다.

"이럴 게 아니라 이쪽으로. 산이 불러줄게요."

"감사합니다."

신재하는 세 사람을 자리에 앉혀주고 강산을 찾았다.

"산아."

"네?"

"친구들 왔다."

"친구요?"

"그래. 전에 병원에서 봤던 친구들."

병원에서 신재하가 마주친 친구들은 세 사람이다.

어쩐 일이지?

일이 익숙해질 때쯤 한 번 오겠다던 녀석들이 연락도 없이 올 줄은 몰랐다.

"어디 있는데요?"

"27번 테이블."

27번이면 창가 자리다. 길거리의 야경이 생각보다 괜찮은 좋은 자리였다.

"잠깐 다녀올게요."

자리에서 일어난 강산을 신재하가 붙잡았다.

"그러지 말고 오늘은 그만 쉬어."

갑작스런 사장의 말에 강산의 눈썹이 올라갔다.

"너 지금까지 한 번도 쉰 날 없었잖아. 친구들도 왔으니까 오늘은 쉬어. 서비스 많이 챙겨줄게. 술도 좀 마시고 내일은 아예 하루 쉬고."

신재하가 이렇게 신경을 쓰는 이유가 있었다.

강산은 지금까지 한 번도 쉰 적이 없었다. 가장 많은 일을 하고 주말에는 풀타임으로 뛰는 녀석이다. 유일하게 쉰 것은 병원에 입원했을 때뿐이었다.

퇴원하고서 바로 일을 나오더니 그때부터는 또 쉬지를 않았다.

'사람이 쉬엄쉬엄 일을 해야지.'

다른 가게보다 배는 바쁜 하우스펍이다. 겉으로는 아무렇지 않아보였지만, 병원까지 입원했던 강산이 계속 일을 하는 것이 그는 걱정이었다.

그래서 이번 기회에 좀 쉬도록 해주고 싶었다.

"하지만 사장님."

"야, 나도 돈 좀 아끼자. 휴일 수당이 더 쎈 거 알아?"

안다. 사실 그래서 더 쉬지 않고 일을 했다. 어차피 그에겐 힘든 일도 아니었고, 하루도 쉬지 않고 일하면 월 40만 원 정도를 더 받게 된다. 그 돈이면 월세다.

하우스펍은 알바생도 일반 직장인처럼 대우해 주었다. 어떤 면에서는 일반 사무직 기업보다 더 좋은 조건이었다. 연장, 특근, 주휴 등등. 돈 계산은 물론이고 퇴직금에 명절 보너스도 주었다.

그래서 다른 가게에 비해 배 이상은 바쁜 가게인데도 한 번 일하면 오래 일하는 알바생이 많은 곳이 바로 하우스펍이었다.

강산은 돈 아끼자고 앓는 소리를 하는 신재하를 보며 웃어주었다. 진짜 돈 때문에 그러는 것이 아님을 알기 때문이었다.

"서비스도 주시고 직원 DC도 확실하게 해주시면요."

"독한 새끼. 알았다, 임마. 옷 갈아입고 가봐."

할 일은 확실하게 하고 챙길 건 확실하게 챙기는 강산. 그에게서 바람직한 사회인의 모습이 엿보였다.

*   *   *

이서경은 화이트 프로모션 사무실에서 뜻밖의 연락을 받았다. 미국의 프로모터인 샤를 에미앙이 강산과의 스파링을 의뢰해 온 것이다.

샤를 에미앙의 선수는 단 하나다.

미들급 4대 기구 통합 세계챔피언, 리안 카터.

플로이드 마이웨이와 마니 파키아오 이후로 최고의 복서라 칭해지는 프로 복서였다.

강산은 현재 아마추어 복서로 등록되어 있었기에 프로 복서와 경기할 수는 없었다. 하지만 스파링은 달랐다. 연습 상대가 되어주는 것이니 분명히 경기는 아니었다.

샤를은 비행기 티케팅부터 숙박까지 모든 것을 책임지겠다고 했다. 스파링에 대한 보상도 주겠다고 한다.

그런데 그 보상이 평범하지가 않았다.

"처음에는 스파링 대전료로 200만 원을 제시하더라고. 세계 챔피언이니까 그 정도면 가능하지 않겠냐는 거지."

"그래서?"

"당연히 거절했지. 세계 챔피언이 아니라 그 할애비라도 겨우 그 돈 받고 산이가 움직일 수는 없잖아."

남이 들으면 황당해할 일이었다. 그러나 이 자리에 있는 사람들은 모두 당연하다는 듯이 고개를 끄덕였다.

"처음에는 그쪽에서도 이해할 수 없다는 분위기긴 하더라. 그런데도 내가 계속 거절하니까 어쩔 수 없이 전화를 끊더라고. 다시 연락하겠다면서."

이서경이 잔을 들자 모두 잔을 들어 맥주로 목을 축였다.

"다시 연락이 왔어. 500에서 1,000만 원까지 부르더라. 그래도 거절하니까, 정말 기가 막힌 제의를 했어."

"뭐라는데?"

"라운드가 지나갈수록 보상액을 차등 지급하겠데. 1라운드에 한화 300만 원, 2라운드는 600, 다음부터 1,200, 2,400, 4,800만 원. 총 5라운드고 리안이 다운을 당하게 되면 5,000만 원, 그를 이기게 되면 5억 원을 지급해 주겠데."

"통이 큰데?"

이서경의 말에 한지겸이 휘파람을 불었다. 강산 덕분에 복싱에 대해서 알아본 그였다. 이런 말도 안 되는 조건은 전무후무한 일이었다.

"언니. 그 사람 세계 챔피언이잖아? 그것도 역대 최강이라는 평가를 받는다며. 그런 사람이 왜 산이랑 스파링을 하고 싶대?"

"경기 영상을 보고 마음에 들었데. 다만 프로 복서가 아니라서 아쉽다고, 이렇게라도 경기해 보고 싶다더라."

"그러다 지면?"

여기서 진다는 가정은 당연히 리안에 대한 이야기다. 세계 챔피언이 무명의 아마추어 복서와 스파링을 해서 진다면 그의 복서 인생에 큰 오점이 될 일이기 때문이다.

"스파링은 비공식으로 진행된대. 산이한테는 확실히 쉬운 일이긴 한데."

막말로 얘기해서 강산이 5라운드를 꽉 채우고 매 라운드마다 다운을 시키면 엄청난 돈을 벌 수 있었다. 승리까지 거머쥐면 5억 원까지 생긴다.

"산아. 기분 나쁘겠지만 참아. 네 실력을 그쪽에서 제대로 몰라서 그러는 거니까."

분명 파격적인 제안이다. 그러나 이러한 조건은 달리 말하자면 강산을 무시하는 처사이기도 했다.

리안 카터 측에서는 강산이 1라운드라도 버틸 수 있겠냐는 생각이었다. 초반에 제시했던 금액이 1,000만 원이었다. 그런데 3라운드까지 가면 지급금액이 1,200만 원이란다. 즉, 강산을 최대 3라운드짜리 선수로 본 셈이었다.

중원에서라면 명함도 못 내밀 녀석이 감히 천하제일인으

로 불렸던 그를 어린애 취급한 격이었다.

아나나 다를까? 강산의 표정이 별로 좋지 못했다. 그의 입이 천천히 열렸다.

"그쪽에 전해."

*　　　*　　　*

사람이 살면서 많은 돈을 벌 기회가 자주 오는 것은 아니다. 그래서 사람들은 말한다. 돈은 벌 수 있을 때 벌어야 한다고.

평범한 복서에게 리안 카터의 제안은 복권 당첨이나 마찬가지다. 국내에서는 인지도가 낮지만, 해외에서 리안은 영웅이나 마찬가지였으니까.

그러나 그게 강산이라면 다르다.

"안 가."

"뭐?"

가장 놀란 것은 지겸이었다. 그가 생각하기에 도발이나 마찬가지인 제안이었다. 그가 알던 강산이라면 거품을 물고—혹여 칼까지 뽑으면 말릴 생각이었다—달려들 일이었다.

하지만 강산으로서는 당연한 선택이었다. 어쨌거나 부모님과 약속한 것은 1년간의 자취와 알바였다. 약속은 지키는 주의인 그가 다른 이도 아니고 부모님과의 약속을 어길 수는 없었다.

더구나 이번에 합의금 좀 받겠다고 나섰다가 어머니의 눈에 눈물이 흐르게 했다. 세계 챔피언과의 스파링을 이야기했다간 쓰러지실 지도 모를 일이다.

"잘 생각했어. 거절 의사는 내가 확실하게 전해줄게."

"산아. 한잔하고 기분 풀어."

이서경이 맞장구를 치고 신하윤이 잔을 들며 밝게 웃어주었다. 그 모습을 보는 한지겸의 얼굴에는 더욱 혼란만 가중되고 있었다.

"대체 뭐가 뭔지."

중원에서 강산이 무시를 당하면 먼저 검부터 뽑던 이서경이다. 그런 그녀마저도 이런 반응을 보일 줄은 몰랐다.

맥주로 목을 축이는 사이에 정지석이 안주를 들고 왔다.

"안주가 나왔습니다."

테이블 위에 놓인 요리는 총 세 가지. 야채 위에 얹어진 하얀 속살의 생선구이와 치즈가 감싸고 있는 닭고기 요리에 야채와 소스가 어우러진 찹스테이크였다.

"이게 뭐예요?"

일행이 안주로 시킨 요리는 간단한 소시지 볶음과 골뱅이였다. 이렇게 보기만 해도 고급스럽고 맛깔나 보이는 요리는 시킨 적이 없었다.

"셰프께서 산이 친구분이라고 특별히 만든 거랍니다."

친구들의 시선이 강산에게 향했다.

"서비스야."

서비스 치고는 과한 감이 있었다. 누가 알바생 친구들이 왔다고 이런 요리를 만들어 줄까?

"서비스 맞아요. 사장님이 모처럼 친구들 왔다고 잘해주라고 하셨거든요. 그러니까 걱정 말고 드세요."

여자들의 눈이 빛났다.

그렇지 않아도 맛집으로 소문이 자자한 하우스펍이다. 그동안 강산이 일하는 곳이란 생각에 오지 않았었는데, 오늘 제대로 맛있는 요리를 먹을 수 있겠다는 생각에 웃음이 절로 나왔다.

"감사합니다. 잘 먹을게요."

인사를 하고 각자 요리를 먹기 시작했다. 신하윤과 이서경은 겉모습도 예쁘게 치장된 요리들을 조심스럽게 집어 입에 넣었다.

부드럽고 담백하며 입안에서 녹는 듯한 느낌의 요리들. 확실히 안주라고 말하기에는 미안할 정도의 훌륭한 맛이었다.

"이야, 진짜 맛있는데?"

지겸도 찹스테이크를 먹으며 고개를 끄덕였다. 식사까지 가능한 퓨전호프집이라고 해도 아무데서나 접할 수 있는 맛이 아니었다.

"재료를 아무거나 쓰지 않는다고는 하던데. 진짜 그런가 보네."

싸구려 재료의 맛과는 달랐다. 생선도 그렇고 닭고기나 안심도 좋은 등급의 고기 같았다.

하지만 양은 그리 많지 않았다. 양보다는 고급 레스토랑에서나 볼 법한 데커레이션까지 곁들여진 정식 요리처럼 보였다.

"아쉽네."

지겸은 입맛을 다셨다. 아버지가 외교부 장관이셨기에 많은 나라를 다니며 여러 요리를 접할 수 있었다. 대부분이 각국에서 엄선한 요리사가 만든 요리였다. 그러한 요리에 비해서도 떨어지지 않는 맛이었기에 양이 적은 것이 아쉬울 뿐이었다.

이서경 또한 재벌가의 딸이다. 그녀도 한지겸과 마찬가지로 놀라면서도 안타까운 표정이었다.

하지만 그 표정들은 오래가지 못했다.

"어?"

정지석이 또 다시 요리를 들고 왔다. 이번에는 각종 해산물이 들어간 탕과 그릴에 구운 삼겹살 요리였다.

싱싱한 해산물이 가득 들어간 탕은 얼큰하면서도 깔끔한 맛이었다. 삼겹살 또한 야들야들한 식감이 그 위에 뿌려진 독특한 소스와 어울려 입안 가득 넣어도 물리지 않았다.

"맛있어."

하윤이 행복한 얼굴이 되었다.

치글치글치글.

끓는 기름에 튀김옷을 입은 돼지고기가 익었다. 신재숙은 채로 건져내 접시 위에 담고 야채를 얹은 후에 뜨거운 소스를 뿌렸다. 이렇게 하면 야채가 소스의 열기에 적당히 익는다.

그렇게 안주 하나를 내보내고 나니 그제야 한숨 돌릴 수 있었다.

'맛있게 먹고 있겠지?'

마스크를 벗고 사람들과 어울린 후부터 요리가 더욱 즐거웠다. 그러다 보니 요리에 감정, 손맛이 담기나 보다. 부쩍 맛있다고 칭찬하는 사람이 늘어났다.

강산이 아니었다면 아직도 주방에 틀어박혀 요리폐인 노릇을 했을지도 모른다.

'신기한 녀석이야.'

강산을 떠올리니 마음이 편안해진다.

남녀 간의 감정?

그런 건 아니었다. 처음에는 그녀도 고민을 했었지만 시간이 흐르면서 아니란 것을 알 수 있었다.

강산은 남들과는 다른 분위기가 있었다. 굳이 표현하자면 가진 자의 여유랄까?

가진 자. 그게 돈을 의미하는 것은 아니다. 강산은 돈 보다는 뭐랄까, 그래. 쉽게 요리사에 빗대어 말하자면 어떠한 재료를 가지고도 언제든지 최고의 요리를 만들 수 있는 실력을 가진 장인의 여유를 가졌다.

그를 보고 있으면 든든하다. 나이는 분명 어린 친구인데도 오빠처럼, 아버지처럼 느껴진다. 태풍이 몰아쳐 와도 그가 있으면 어떻게든 해줄 것만 같은 그런 믿음이 생긴다.

'에휴, 무슨 생각이야.'

신재숙은 머리를 흔들었다.

자신 또한 요리에 있어서는 일가를 이룬 사람이다. 비록 정신적으로는 나약했을지 몰라도 이제는 아니다. 누군가에게 기댄다는 것은 자신에게 어울리지 않았다.

'조만간 강남에 가볼까.'

당시에는 너무 많은 수술을 했기에 더 이상 불가능하다고 했었다. 그때가 벌써 7년 전이었다. 어쩌면 지금은 다시 성형

수술이 가능할 지도 모른다.

요리와 결혼했다고 생각했다. 그래서 오빠가 병원을 가보자고 해도 거절해 왔다.

하지만 이제 신재숙도 다시 여자의 삶을 살아보고 싶어졌다.

2장
효도가 별거 있어?

맛있는 요리에 취하고, 술에 취했다. 그리고 마지막으로 분위기에 취하기 위해 택시를 잡아타고 한강으로 향했다.

편의점에서 돗자리와 캔맥주를 사들고 한강고수부지의 잔디에 나란히 누웠다. 이렇게 누워서 맑은 밤하늘의 별을 보는 느낌은 중원과 별다를 바가 없었다.

"별이 적어."

물론, 지겸의 말대로 중원의 하늘처럼 별이 쏟아질 듯이 보이지는 않았다. 그래도 모처럼 날씨가 맑아 머리를 내민 별들이 꽤 되긴 했다.

"그래서, 언니. 그때······."

"진짜?"

하윤이와 서경이는 뭐가 그리 할 말이 많은지, 둘이서 소곤거리며 연신 웃음을 터트린다. 대충 들리는 이야기는 어렸을 적에 있었던 이야기들이다.

민수, 대식이. 다들 잘 지내겠지?

가끔씩 통화를 하긴 한다. 그래도 예전처럼 자주 볼 기회는 적었다.

카이스트에서 공부하는 민수는 공부에 치여서, 체대를 간 대식이도 올림픽 준비에 한창이었다. 형도 요즘은 더욱 공부에 매달렸고 혜정이 누나도 의대 본과에서 정신없이 지내고 있었다.

다들 각자의 길을 걸으며 하고 싶은 일을 하고 있었다. 꿈이 있었고 목표가 있었다.

나는?

글쎄. 지금의 목표는 하나다. 가족과 친구들의 곁에서 그들과 더불어 행복하게 잘 사는 일.

딱히 어렵다고 생각지는 않았다. 돈을 많이 벌어야 하는 목표도 있긴 하지만 그것도 그다지 크게 걱정하지는 않는다.

'이대로만 살 수 있으면 참 좋을 텐데.'

더도 덜도 말고 늘 지금처럼만 살았으면 좋겠다. 주변의 누군가가 죽을 걱정 없이, 그저 소소한 즐거움을 누리며 사는 지금이 만족스러웠다.

"산아."

"응?"

"진짜 스파링 안 할 거냐?"

"스파링이라."

"단숨에 돈과 명예를 가질 수 있는 일이잖아. 그리고 무엇보다도 여우가 왕 행세하게 두는 건 싫다."

호랑이가 없는 산에 여우가 왕이라 했다. 지겸은 그것이 마음에 들지 않았다.

세계 챔피언. 그건 천하제일인의 또 다른 이름이다. 그런 이름을 강산이 아닌 다른 자가 지니고 있다는 것은 용납할 수 없는 일이었다.

"지겸아."

"응?"

"지금이 아니면 하지 못할 일이 있어."

"그게 무슨 소리냐?"

강산이 한숨을 내쉬었다.

"너, 소림사 출신 맞아?"

"소림이라고 다 불경 외는 거 아니다. 그리고 난 속가 출신이었다고."

"넌 어째 중원에서 들었던 철이 사라진 거 같다?"

"허, 내가 너한테 그런 말을 들을 줄이야. 비무 상대를 죄다 죽여 버리던 너한테 들을 소린 아닌데?"

"비무 한판 할까?"

강산의 반응에 지겸이 낮은 소리로 웃었다.

"여하튼. 천하의 독행마가 이렇게 변할 줄이야."

"그래서, 싫으냐?"

"싫긴."

좋다. 너무 좋아서 어안이 벙벙할 따름이다.

누구보다도 독행마 진천이 인간다워졌으면, 하고 바란 것이 유설과 직염, 바로 이서경과 한지겸이었다.

'인간다워져야 암살하기 쉽기 때문이었지만.'

진천은 마치 마음이 없는 사람처럼 행동했고 어떠한 상황에서도 냉정하게 대처했었다. 바늘 하나 들어갈 틈도 없었던 고수가 진천이었다.

직염과 유설은 그곳에 틈을 만들고 검을 쑤셔 넣기 위해서 접근했었다. 그랬다가 정이 들고 진심으로 위하게 되었지만.

"넌 중원에서도 부모님이 계셨었지?"

"응. 어렸을 적에 돌아가셨지만. 약간의 기억은 있다."

"난 없었다."

천애고아. 기억하기 시작할 무렵부터 마교의 무저갱에서 소모품으로 키워져야 했었다.

"그래서 더욱 소중해. 이 따뜻함이, 평화로움이……."

"확실히 과거에 비하면 좋은 세상이긴 하지."

강산은 캔에 남은 맥주를 톡톡 털어 넣었다.

"세상도 좋고 이런 감정을, 마음을 준 부모님도 좋다. 그런데 그런 부모님과 함께할 시간은 그리 길지 않아."

천하에 다시없을 고수라 해도 나이가 들면 죽게 된다. 더구나 부모님은 고수도 아니고 평범한 분들이시다.

"그러니까 살아계실 때 잘해드려야지."

돌아가신 후에는 땅을 치고 후회해도 소용없었다. 지금 드릴 수 있는 행복을 최대한 드리고 싶었다. 몸 건강하고 부모님 보시기에 올바른 아들이 되어 드리는 일이 강산이 현재 할 수 있는 가장 큰 일이었다.

"이 시간에 누구야?"

휴대폰 벨소리와 함께 이서경이 몸을 일으켰다. 폰을 꺼내 든 그녀의 얼굴에는 잔뜩 짜증이 묻어나고 있었다.

"여보세요."

그다지 좋지 않은 목소리로 전화를 받은 그녀가 이내 영어로 대화를 하기 시작했다. 한참을 통화하더니 기다리라 말하고 강산을 바라본다.

"산아. 스파링 안 할 거지?"

강산이 고개를 끄덕이는 것을 본 이서경이 사악한 미소를 지었다.

"알았어. 확실하게 거절해 줄게."

＊　　＊　　＊

리안은 전용 휘트니스센터에서 쉐도우를 하고 있었다.

삐 삣, 삣, 삐 삐 삣.

코트와 운동화의 요란한 마찰 소리가 휘트니스센터 안에 메아리쳤다. 가상의 상대가 누구인지 리안의 눈빛은 매우 진지했다.

끊임없이 상체를 흔들고 좌우로 이동하며 빈틈을 노린다. 가끔씩 틈을 노리고 앞으로 향했다가도 곧장 뒤로 물러선다. 결국에는 한참을 백스텝을 밟았다.

"하!"

그가 신경질적으로 고개를 털었다.

쉐도우 상대는 바로 강산이었다. 그의 경기 영상을 보고 이미지를 떠올리며 해봤는데, 이상하게 선뜻 주먹이 뻗어지지 않았다.

"알 수가 없어."

분명 영상 속의 실력은 뛰어나 보였다. 그렇다고 그가 이렇게 일방적으로 몸을 사리게 만들 정도는 아니라고 생각했다.

그런데도 주먹이 나가지 않는다.

"젠장."

욕설을 뱉은 리안이 샌드백 앞으로 다가갔다. 시원하게 샌드백이라도 두드려야 복잡한 머릿속이 정리될 것 같았다.

팡, 파팡, 파파팡!

리안의 주먹이 경쾌하게 샌드백을 두드렸다. 샌드백이 마치 기관총을 맞는 것처럼 출렁였다.

그가 강산의 영상을 보고 어려워하는 데는 이유가 있었다.

천재 복서, 또는 신의 복서라 불릴 정도로 뛰어난 사람이 리안이었다. 그렇다 보니 강산의 움직임에서 여타의 상대와는 다른 무언가를 느낀 것이었다.

그것만 보아도 확실히 그의 실력이 뛰어나다는 것은 인정할 만했다. 단지 영상 속의 움직임만을 보고 어느 정도 기량을 읽었다는 소리니까.

출렁, 리안의 강력한 어퍼컷이 작렬하며 샌드백이 크게 움직였다.

"강산은?"

호흡을 고른 리안이 무심하게 말했다. 어느새 샤를이 그의 뒤에 다가와 있었다.

"좋지 않은 소식입니다."

"…강산에 대한 건가?"

"네."

"설마 거절?"

샤를은 이서경이 한 말을 떠올렸다.

"리안 선수 따위 상대할 시간은 없습니다. 정 스파링을 하고 싶으면 한국으로 오던가요. 우리 강산 선수는 바쁘거든요."

굉장히 무례한 말이었다. 어떻게 이런 말을 할 수 있는 것인지 이해가 가지 않았다. 이서경이 술을 한잔 걸쳤고 모처럼의 즐거운 시간을 방해받아 그랬다는 것을 샤를은 알지 못했기 때문이다.

어쨌거나 이대로 전할 수는 없기에 샤를은 적당히 말했다.

"강산 선수가 많이 바쁜가 봅니다. 도무지 미국까지 올 시간이 없다네요."

리안의 눈이 일그러졌다.

"평생 바쁠 리는 없잖아?"

"아마도 겁을 먹은 게 아닐까 싶습니다."

아니다. 리안의 감은 그가 겁 따위 먹을 인물이 아니라고 말하고 있었다.

잠시 고민하는 눈치이던 리안이 피식 웃음을 흘렸다.

"뭐, 한국이라고 했던가?"

오지 않으면 가면 그만이다. 그에겐 돈도, 시간도 충분했다.

유민영은 한동안 하우스펍을 찾아오지 못했다. 당시의 부킹 사건이 마음에 걸렸기 때문이다.

하지만 시간도 꽤나 흘렀고 요즘 들어 하우스펍의 음식이 더욱 맛있어졌다는 소문에 용기를 내어 찾아왔다.

'이제 기억 못하겠지?'

하루에도 수많은 손님이 오가는 곳이 하우스펍이다. 요즘에는 대기표까지 뽑아야 할 정도로 인산인해를 이뤘다. 그 정도면 자신들을 기억하지 못할 거다. 아니, 기억 못했으면 좋겠다는 것이 그녀의 희망 사항이었다.

"이 정도면 가게 확장을 하던가."

부킹남과 시비가 붙었던 성질 사나운 친구가 투덜거렸다. 그러나 화난 얼굴은 아니었다. 오히려 그녀 또한 기대하는 눈치였다.

"전에도 맛은 있었는데."

"인터넷에 칭찬 일색이야. 호텔 레스토랑보다 낫다더라."

친구들의 말처럼 하우스펍은 더 이상 퓨전호프라 부르기

애매하게 되었다. 술 보다는 음식을 즐기러 오는 사람들이 많아졌기 때문이다. 오히려 퓨전레스토랑이라 하기 딱 좋은 분위기가 되었다.

"그나저나 그 강산이라는 알바생. 예전에 권투 선수였다며?"

"권투라니. 복싱이라고 해라. 품위 없이."

"어머, 권투가 뭐 어때서. 권투란 말이 더 야성적이지 않니? 뭔가 남자 냄새 풀풀 나잖아."

"복싱이라고 해라. 서울대생이라잖니."

"아아, 나도 다시 대학 다닐까?"

"네 머리로 서울대를 갈 수 있을 거 같아?"

"내가 뭐 어때서!"

유민영은 친구들의 수다를 들으며 한숨을 내쉬었다. 가게가 유명해지고 강산에 대한 이야기가 퍼졌다. 그러자 과거 복싱 대회 영상이 떠돌며 그가 서울대 장학생인 것까지 사람들에게 알려진 것이었다.

혼자만의 비밀로 하고 싶었던 이야기가 떠돌아 속은 상했어도 그녀는 자신 있었다.

'복싱에 대해서는 내가 더 잘 알거든?'

지금은 복싱을 하지 않는 모양이다. 그래도 공통의 관심사가 있다는 점에서 자신이 아직은 유리했다.

'오늘은 꼭!'

무슨 수를 써서라도 강산의 번호를 따리라!

그리 다짐하며 주변을 둘러보는 그녀의 시선에 어디선가 많이 본 얼굴이 보였다.

'누구지?'

서글서글한 인상의 서양인이 대기석에 기대어 있었다. 붉은 머리카락과 나른한 분위기의 남자는 기억에 있는 사람이었다.

4대 기구 통합챔피언 리안 카터. 그가 분명했다.

'세상에!'

슈퍼라이트급, 웰터급, 슈퍼웰터급, 미들급의 4개 체급까지 석권한 당대 복싱계의 최강자. 격투기를 좋아하는 그녀에게 있어서 리안 카터는 연예인이나 마찬가지였다.

"응? 민영아. 어디가?"

유민영은 홀린 듯이 리안의 곁으로 향했다. 친구들은 갑작스런 그녀의 행동에 어리둥절한 모습이다.

"아, 저기……."

조심스럽게 말을 걸어보지만 리안은 눈동자조차 돌리지 않았다. 민영은 못 들었나 싶어서 조금 더 용기를 내보았다.

"혹시 리안 카터 챔프 아니신가요?"

해외 유학까지 다녀온 그녀의 영어는 수준급이었다. 멍하니 허공을 응시하던 리안의 고개가 그제야 돌려졌다.

"맞죠? 리안 카터. 4대 기구 통합챔피언."

그녀의 얼굴이 흥분으로 붉게 달아올랐다.

복싱 하나로 세계 각국에서 열리는 격투 대회에서까지 우승한 남자가 눈앞에 있다니, 정말 꿈만 같은 일이었다.

리안이 고개를 끄덕이며 부드러운 미소를 지어주었다. 하지만 속마음은 달랐다.

'귀찮군.'

복싱의 인기가 많이 격하된 한국이다. 알아보는 사람이 없을 거라 생각해서 모처럼 편하게 나왔는데 의외의 훼방꾼이 등장했다.

다행인 점은 자신을 알아보는 사람이 이 여자 한 명뿐이라는 거였다.

"리안? 리안 카터?"

아니다. 인근에서 가장 유명한 가게가 하우스펍이다 보니 외국인도 있었다. 특히 미국에서 온 사람들은 리안의 이름에 곧바로 반응을 보였다.

"오 마이 갓! 리안!"

미국의 인기 스포츠는 단연 미식축구라 할 수 있었다. 그 뒤를 야구와 농구, 아이스하키가 잇는다. 그러나 복싱에 대한 열광도 대단했다. 특히 플로이드 마이웨이라는 스타 복서가 등장한 이후로 꾸준히 인기를 더해왔고, 그 인기는 리안 카터로 인해 상한가를 치고 있었다.

단지 이곳이 대한민국이고, 리안이 복싱의 불모지나 다름없는 이곳에 올 줄은 예상하지 못했기에 빨리 알아보지 못했을 뿐이었다.

그리고 한 가지 더.

항상 리안의 곁을 지키는 금발의 미녀, 샤를 에미앙이 보이지 않았기 때문이기도 했다. 그래서 일부러 샤를까지 떼놓고 왔는데 한국 여자가 자신을 알아볼 줄이야.

"실례지만 괜찮으시다면 사인이나 사진 좀 부탁드려도 될까요?"

미국인들이 개인의 시간을 빼앗는 것을 무척이나 싫어한다는 것은 안다. 하지만 리안의 경우에는 한국에서 보기가 불가능이나 다름없었다. 그렇기에 유민영은 염치불구하고 부탁을 했다.

주변에 있는 외국인들도 은근 기대를 하고 있는 눈치였다.

리안의 나른한 미소가 사라지지 않는다. 유민영은 거기에 희망을 가졌다. 재빠르게 가방에서 다이어리를 찾아 꺼냈다.

"아가씨."

"네. 여기에 해주시면……."

"모처럼의 휴가야."

"네?"

유민영의 고개가 들리며 리안의 눈과 마주쳤다.

'무슨 눈이.'

분명 입가는 미소를 짓고 있었다. 그런데 그의 눈은 전혀 웃지도, 따뜻하지도 않았다. 오히려 등줄기를 훑어 내리는 차가움만 가득할 뿐이었다.

"쉬고 싶다고."

어깨를 으쓱이더니 아예 눈을 감아버린다.

잠시 동안 꼼짝도 할 수 없었던 민영은 그제야 뒤로 물러날 수 있었다. 그녀가 침을 꿀꺽 삼켰다.

아주 잠깐, 뱀과 마주친 쥐의 심정이 이러할까 싶을 정도로 그의 눈빛은 무섭고 냉혹했다. 그 느낌을 한시라도 빨리 털어버리고자 민영은 서둘러 친구들의 곁으로 돌아왔다.

"민영아. 뭐야? 누군데?"

"너 표정이 왜 그래?"

얼굴이 하얗게 질렸다. 그 잠깐 사이에 리안의 기운에 완전히 압도된 것이다.

"아냐. 나 잠깐 화장실 좀."

"애, 같이 가."

친구 하나가 민영의 뒤를 따랐다.

이서경이 연락한 것은 얼마 전이었다. 리안 카터가 한국에 왔고 내일 만나기를 원한다는 것이었다.

스파링을 하지 않을 것이기에 만나지 않아도 그만이다. 하지만 멀리 미국에서 온 사람을 문전박대하기도 그렇고 해서 만나겠다고 했다.

그냥 한판 할까?

솔직히 그런 생각도 들었다. 4대 기구 통합 챔프라는 명성을 보니 심심풀이 정도는 될 거 같았기 때문이었다.

그러나 아니다. 어쨌거나 부모님께 하지 않아도 될 걱정을 하게 만들 수는 없다.

강산은 입맛을 다시며 대기석으로 향했다.

"37번 손님."

그의 호명에 외국인 남자 하나가 몸을 일으켰다. 그를 보는 강산의 눈이 잠시 반짝였다.

'제법인데?'

겉보기에는 느릿하고 평범하게 움직이는 모습이다. 그러나 걸음걸이와 무게중심의 이동이 평범한 사람과는 달랐다. 언제든지 몸을 날리고 공격할 수 있는 준비된 자세였다.

운동을 오래하다 보면 그럴 수도 있다. 자연스레 훈련의 성과가 행동에 배는 것이다.

하지만 남자는 조금 달랐다. 이 외국인의 경우에는 수많은 실전을 거친 자만의 독특한 분위기가 있었다. 언제든지 망설임 없이 주먹을 뻗겠다는 투기가 바로 그것이었다.

그러면서도 표정은 온화하다. 마치 해탈한 노승의 얼굴을 보는 느낌이다.

"이쪽으로."

살짝 테스트를 해보고 싶은 마음을 접었다. 눈앞의 외국인은 손님이고 자신은 종업원이다. 괜히 테스트해 본다고 주먹을 날렸다간 직장을 잃는 수가 있다.

강산은 남자, 리안을 하우스펍 안으로 안내했다.

그가 카운터를 지나는데 일단의 손님들이 나오는 것이 보였다.

"산아, 네 명. 이분은 내가 안내할 테니까 부탁해."

"네."

4명 자리가 났으니 대기하는 손님을 더 데려와야 했다. 강산은 다시 대기석으로 향했다.

"38번 손님."

이번에는 여자 손님이었다. 자리에서 일어나 다가오는 여자들은 아는 얼굴이었다.

"오랜만에 오셨네요."

별일 없어도 한 번 본 얼굴은 잘 잊지 않는 강산이었다. 그에 반해 이 여자들은 얼마 전에 있었던 합의금 소동과도 관련이 있었으니 그가 잊을 리가 없었다.

"네?"

하지만 여자들은 당황스러웠다.

잊어주면 좋겠는데. 이 남자, 쓸데없이 기억력이 좋다.

"안으로."

강산은 민망함에 어색하게 웃는 네 명의 여자를 테이블로 안내했다.

"저기, 지난번에는 감사했어요."

"별말씀을요."

유민영이 용기를 내어 말을 걸었다. 솔직히 쪽팔린 일이다. 그냥 무심한 척 넘어가는 것이 좋을 지도 모른다. 그러나 공통의 화젯거리가 있다면 화장실 얘기라도 꺼내고 싶은 것이 그녀의 심정이었다.

"요즘 많이 바쁘시죠?"

"월급도 늘었습니다."

월급이 늘면 얼마나 늘었을까. 기껏해야 아르바이트인데.

하지만 그런 생각과 달리 유민영 일행은 마치 제 일처럼 기쁜 모습을 보였다.

"어머, 정말요?"

"잘됐네요. 혹시라도 안 좋은 일이 있었을까 걱정했는데."

안 좋은 일이야 있었다. 합의금 받겠다고 어머니를 울렸으니.

"메뉴판은 여기 있습니다."

그런 이야기까지 할 필요는 없었기에 강산은 메뉴판을 건네주고 몸을 돌리려 했다.

"저기요. 강산 씨. 맞죠?"

"흠. 신기하네요. 요즘 손님들이 다 제 이름을 아시더라고요."

"어? 모르셨어요? 강산 씨에 대한 내용이 인터넷에 꽤 많이 돌아다니는데."

"그래요?"

손님들과 많은 대화를 하지 않았기에 잘 모르는 일이었다. 그렇다고 친구들이 뭐라 할 성격도 아니었다. 이서경이라면 앞날을 위해서 오히려 홍보수단으로 적극 활용할 지도 모를 일이었고. 어쩌면 진짜 그러고 있을 수도 있었다.

만약 특별한―나름대로―인연이 아니었다면 이 여자들과 말을 길게 섞지도 않았을 거다. 그 덕분에 처음 알게 된 사실이지만, 강산도 사실 별 신경을 쓰지 않았다.

지금까지 떳떳하게 살아왔다. 무공을 보인 적도 없었고 정당한 대회에 나가 정당하게 우승했다.

그런 내용들은 누가 알아도 별 상관이 없는 일이었다.

"복싱 대회 영상도 봤어요. 정말 잘하시던데요? 이제 복싱은 안 하시는 건가요?"

"아뇨. 나중에 다시 할 겁니다. 지금은 효도를 해야 해서요."

"효도요?"

"그런 게 있습니다."

손님은 많고 할 일도 많았다.

특히 뒤에서 느껴지는 다른 알바생의 간절한 눈초리는 무시하기 힘들었다. 강산이 소화해 내는 일이 워낙 많기에 그가 빠지면 다른 알바생이 힘들어지기 때문이었다.

"잠깐만요."

돌아가려는 강산을 유민영이 다급하게 붙잡았다. 앞으로 계속 복싱을 할 거라면 해줄 말이 있었기 때문이다.

어지간하면 그냥 돌아갈 테지만 유민영이 소매를 붙잡자 어쩔 수 없이 멈춰야 했다.

"제가 좀 바쁜데요."

"혹시 리안 카터 아세요?"

리안 카터? 당연히 안다. 바빠 죽겠는데 스파링 붙자고 징

징거리는 녀석 아닌가?

"계속 복싱을 하실 거라니까 말씀드리는 거예요. 아까 안내해 가셨던 외국인 있죠?"

"네."

"그 사람이 리안 카터예요."

그게 리안 카터라고?

분명 남들과 다른 사람이었다. 평범한 사람은 아닐 거라고 여겼었는데 하필 그게 리안 카터라니 어이가 없었다.

'어떻게 알고 왔지?'

리안이 알고 온 것은 아니었다. 그저 강산의 학교 근처에 숙소를 잡고 근방에서 제일 유명한 음식점을 찾아온 것이 다였다.

그런 사정은 몰라도 한 가지 분명한 사실은 있었다. 어차피 그와 만나 이야기는 해야 한다는 것.

"고마워요."

강산은 감사를 표하고 리안을 찾기 위해 몸을 돌렸다.

메뉴를 고르고 호출벨을 누르려던 리안은 종업원이 다가오는 것을 발견하고 손을 들었다. 능숙하게 영어로 안내하던 그 종업원이었기에 부담 없이 말할 수 있었다.

"메뉴가 많군요. 추천해 줄 만한 요리가 있나요?"

뒤로 갈수록 리안의 말소리가 줄어들었다. 종업원이 다가
오더니 맞은편에 앉은 것이었다.

"식사는 조용히 혼자 하고 싶습니다만."

리안의 음성이 낮아졌다. 주문은 받지 않고 자신의 앞에 앉
는 모습이 마음에 들지 않았다. 자리에서 일어날까 고민하던
그의 귓가에 건방진 종업원의 목소리가 들려왔다.

"어떻게 알고 왔지?"

가게를 어떻게 찾았냐는 걸까?

말하자면 샤를을 통해 찾아낸 가게가 이곳이었다. 그러나
그런 걸 묻는 분위기가 아니었다. 종업원을 유심히 살피던 그
의 눈동자가 옅은 빛을 머금었다.

'설마?'

그가 기억을 들추는 사이 종업원도 눈썹을 찡그렸다.

"당신, 리안 카터 아닌가?"

리안이 혀를 찼다. 어찌된 것이 이 나라 사람들은 배려란
것을 모르는 모양이다. 사생활 존중은 정녕 없단 말인가?

"사인 요청이라면 사양하겠어."

기분이 나빠졌다. 식사는 다음으로 미뤄야 할 것 같다.

하지만 종업원의 이어진 말은 의자에서 떨어지려는 그의
엉덩이를 다시 붙이기에 충분했다.

"내가 강산이다."

리안이 눈을 끔뻑였다.

"강, 산? 아마추어 무체급 챔피언?"

종업원, 강산이 고개를 끄덕였다. 그제야 그의 프로필이 생각났다. 사진의 그 얼굴이 맞았다.

'샤를.'

냄새가 났다. 무슨 일이든지 시큰둥한 반응을 보이는 리안을 위해 가끔 깜짝 놀랄 일들을 계획하곤 하는 그녀다. 아마도 샤를은 이곳에서 강산이 일한다는 사실을 알았을 거다.

그의 생각대로 샤를은 웹서핑을 하면서 하우스펍의 유명인인 강산의 존재를 확인했다. 그리고는 아무런 언질도 없이 그를 이곳에 보낸 것이었다.

"뜻밖인데? 이런 곳에서 보게 되다니."

"알고 온 게 아닌가?"

"당연하지. 전혀 모르고 있었다고. 아마추어라지만 그래도 한국 챔프 아니야? 그런 사람을 식당 종업원으로 보게 될 줄이야. 블랙코미디가 따로 없어."

어깨를 으쓱이는 리안의 눈은 거짓을 말하는 것 같지는 않았다. 괜히 긁어 부스럼을 만든 기분이었다. 그러나 쇠뿔도 단김에 빼랬다.

"스파링은 없다."

"왜? 다시없을 조건 아냐?"

한 번에 수천만 원을 벌 수 있는 기회다. 그런 기회를 마다하는 것이 이해가 가지 않았다.

"보다시피 바빠서."

강산이 유니폼을 한 번 집었다 놨다.

재밌는 녀석이다. 쉐도우 복싱의 상대로 떠올렸을 때에도 종잡을 수 없다는 느낌이었는데, 이렇게 마주하고 보니 더 속을 알 수가 없었다.

"돈 때문이라면 스파링이 더 낫잖아? 너무 적어서 그런가? 좋아. 그렇다면 스파링을 해준다면 만 달러를 주지. 총 8라운드이고 라운드를 넘길 때마다 추가로 5천 달러. 만약 네가 날 이긴다면 10만 달러를 주지."

약 1억 5천에 달하는 금액이었다. 스파링 한 번에 이 정도의 액수를 받는 사람은 없었다.

그러나 겨우 그 정도 금액에 불효를 할 강산이 아니었다.

"돈이 문제가 아니야. 그러니 그 얘긴 이걸로 끝내."

어차피 약속된 기간이 끝나면 다시 복싱을 할 생각이었다. 아르바이트는 경험을 쌓기 위해 하는 것이지, 평범한 일로 먹고 살 생각은 전혀 없었다.

강산은 자리에서 일어났다.

"여기까지 온 성의를 봐서 저녁은 내가 사지."

리안의 시선이 멀어지는 강산의 등에서 떨어지지 않았다. 그가 시야에서 사라지고 나서야 의자에 등을 기대며 품안의 휴대폰을 꺼냈다.

"나다."

*　　　*　　　*

리안은 어렸을 때부터 자존심이 강하고 호전적인 성격이었다. 그는 가치관의 충돌을 해소하는 방편으로 주먹을 택했다.

미국에서는 폭력에 대해서 관대하지 못하다. 법적인 제재도 그렇지만, 최악의 경우 길거리를 지나다가 총에 맞을 수도 있다.

더구나 리안의 집안은 평범한 가문이 아니었다. 미국의 역사와 마찬가지라는 평을 들을 정도로 유서 깊은 명문가였다.

노블레스 오블리주.

명문가의 정통은 그냥 지켜지는 것이 아니다. 사회적 지위에 따른 의무를 저버리면 그 순간부터 더 이상 명문이 아니게 된다.

리안의 아버지는 아들의 성향을 알게 되고 그를 복싱 체육관으로 데려갔다.

사각의 링 안에서 철저한 룰을 지켜야 하는 게 복싱이다. 화가 난다고 펀치 이외에 다른 수단을 사용하게 되면 패배하는 약속된 전장이다.

아들에게는 그것이 필요하다고 생각했다. 지킬 것은 지키며 사람들에게 인정받는 승리자가 되길 원했다. 그런 아버지의 판단은 나름대로 옳은 선택을 한 셈이었다.

그가 세계 챔프가 되기 전까지는 말이다.

"마스터. 이것도 착용하세요."

샤를은 후드티와 함께 마스크를 내밀었다.

이곳이 미국은 아니었다. 그러나 영국과 더불어 세계에서 가장 많은 CCTV가 설치되어 있는 국가이고 차량의 블랙박스 또한 보편적으로 보급되어 있는 나라였다.

아무리 알아보는 사람이 없다고 해도 사건이 터지면 누군가에 의해 리안의 정체가 발각될 우려가 있는 만큼, 그녀는 최대한 조심해야 했다.

"샤를."

샤를 에미앙. 리안 가문 집사의 딸로 어렸을 때부터 그의 곁을 지킨 여자였다.

리안에 대해 아버지보다 더 많은 것을 알고 있는 사람 중 하나이며 그의 손발이나 마찬가지인 사람이다. 그러나 오늘 만큼은 그녀도 리안의 속내를 제대로 짚어내지 못했다.

후드티와 마스크가 바닥에 떨어졌다.

"마스터?"

"이런 건 필요 없다."

"하지만 사람들에게 알려져서 좋을 건 없습니다."

리안은 말없이 손을 내밀었다. 샤를의 참견은 여기까지만 하란 의미였다. 이 이상은 그녀도 넘어서서는 안 될 선이었다.

샤를은 그가 가져오라고 지시한 두 세트의 글러브를 내밀었다.

8온스. 가벼운 만큼 얇다. 펀치의 파괴력을 최대한 살려주고 가볍기에 움직임에 제약도 적은 프로용 글러브다. 그리고 다른 하나는 12온스. 무거운 만큼 움직임에도 약간의 제약이 가해진다. 펀치력도 많이 상쇄된다.

강산에게는 8온스, 자신은 12온스를 낄 생각이었다. 갱을 상대하는 것도 아니고 자신과 같은 복서이기에 배려한 것이었다.

"그는 피하지 않아."

자세한 사정은 알지 못한다. 그러나 리안이 본 강산은 걸어오는 승부를 마다할 인물로는 보이지 않았다.

수많은 강자를 마주했지만 강산과 같은 느낌을 주는 이는 없었다. 테이블을 떠나는 그의 뒷모습에선 분노나 흥분, 호승

심이나 두려움 따위는 전혀 보이지 않았다.

마치 자신을 안중에도 두지 않는 듯한 느낌.

'날 상대로 그딴 여유를 부리다니. 그 행동에 책임을 져야 할 거야.'

감히 자신을 무시하며 강자의 여유를 보인 강산이다. 그런 자가 승부를 피한다면 철저하게 부숴줄 생각이었다.

그러니 그에게는 선택권이 없다. 선택은 언제나 강자가 하는 것이기에.

"나왔습니다."

샤를의 말에 고개를 돌리니 차창 너머로 강산이 나오는 모습이 보였다. 그는 함께 일하는 사람들과 인사를 나누고 헤어지고 있었다.

리안의 눈에 강렬한 빛이 어리기 시작했다.

아르바이트가 끝난 강산은 집으로 향했다. 길거리에 가끔 보이는 취객들과 지저분한 거리는 평소와 다를 바가 없었다.

평화롭다.

칼을 들고 설치는 무림인도, 호시탐탐 기회를 노리는 자객이나 살수도 없는 세상. 이보다 좋을 수는 없었다.

그러나 오늘만큼은 그의 평화로운 세상에 파문을 일으키는 존재가 있었다. 조용히 뒤를 따라오는 인기척이 느껴졌다.

'리안.'

한 번 마주쳤기에 쉽사리 알 수 있었다. 그리고 그가 자신의 뒤를 쫓는 이유를 어렵지 않게 짐작할 수도 있었다.

리안과 같은 부류를 처음 보는 것은 아니었다. 자신의 무공이 최고라 생각하며 끊임없이 강함을 증명하려는 이들은 무림에 널리고 널렸었다.

자신 또한 비슷했다. 종국에는 천하제일인이 되기 위해 검을 휘둘렀다. 스스로를 증명하기 위해서.

그러니 이해한다. 그가 비록 불을 향해 뛰어드는 불나방과 같을지라도 최고가 되기 위한 마음만은 공감할 수 있었다.

집으로 향하던 강산의 경로가 변했다. 사람이 없는 곳을 찾아 움직였다. 이윽고 그의 걸음이 사무 빌딩이 운집한 거리에 도착하자 리안이 다가왔다.

빌딩이 즐비한 회색의 거리는 새벽이 되면 조용하다. 특히 일요일 새벽은 야근하는 사람도 거의 없어 죽은 자의 도시와도 같다.

"좋군."

CCTV도 보이지 않는 적당한 곳에 두 사람이 마주했다. 리안은 뒤돌아서는 강산의 앞에 글러브 하나를 던졌다.

강산은 자신과 리안의 글러브를 확인하고 어이가 없는 표정이 되었다.

"뭐냐?"

"이 정도는 되어야 공정하지 않겠어?"

이건 뭐, 쥐가 고양이 생각해 주는 격이다. 그래도 어쩌랴. 뭘 모르고 준비한 것이니 탓할 수도 없다.

"스파링은 하지 않겠다고 했는데."

"스파링이 아니야. 이건 승부지."

승부? 그래. 그렇다면 이것도 비무라 생각해 주마.

강산은 피식 웃음을 흘리며 글러브를 던졌다.

"피하는 거냐?"

말 대신 가볍게 자세를 잡는 것으로 답했다. 라이트를 턱에 붙이고 레프트는 자연스럽게 늘어트린 자세였다.

"와라."

리안이 어이가 없는 표정이 되었다. 세계 챔피언을 눈앞에서 마주하고도 저런 자신감이라니.

'자신감이라.'

그랬다. 자만이 아닌 자신감으로 느껴졌다. 그제야 셰도우 복싱을 할 때의 감각이 살아나며 강산의 자세를 다시 한 번 살필 수 있었다.

'진짜다.'

가볍게 서 있는 것처럼 보였지만 빈틈이 보이지 않는다. 확실히 자신의 앞에서도 자신감을 가질 만한 상대였다.

리안의 표정이 신중하게 변했다. 전신의 근육을 긴장시키며 천천히 스텝을 밟았다. 두 사람의 거리가 점차 가까워지기 시작했다.

리안은 가볍게 원투를 날려 간을 보려 했다. 그러나 움찔, 뻗으려했던 펀치가 나가지 않는다.

'왜 이러는 거지?'

호흡을 가다듬으며 슬쩍 거리를 벌렸다. 그리고 이번에는 빠르게 전진하며 잽을 날리려 했다.

갑자기 숨이 턱 막힌다. 이해할 수 없는 상황에 또 다시 리안의 몸이 뒤로 물러섰다. 세도우를 할 때보다 더욱 생생한 압박감이 몰려왔다.

'제법이야.'

강산은 조금 감탄할 수밖에 없었다. 리안이 함부로 다가서지 못하는 이유는 그의 감각이 대단히 뛰어났기 때문이었다.

리안이 느낀 것은 강산의 투로(套路)다.

대게의 무인은 자신만의 익숙한 투로를 가지고 있다. 그 투로 위에 상대를 둘 때, 가장 빠르고 위력적인 공격을 할 수 있다.

강산의 경우에는 이 투로가 있으면서도 없는 셈이다. 어떠한 방향의 공격도 막아낼 수 있고 어떠한 곳으로도 공격이 가능한 고수, 그게 강산이었다.

이걸 느낀다는 것은 리안이 타고난 무골이란 소리였다. 그의 감각이 보이지 않는 투로를 느끼고 공격을 꺼리는 것이다.

재밌다. 이런 천부적인 재능을 가진 자를 보게 되다니.

그렇다고 그냥 넘어갈 생각은 없었다. 더구나 조금 있으면 훼방꾼이 나타날 차례였다.

'빌어먹을!'

끊임없이 공격을 시도하려던 리안의 얼굴이 점차 험악하게 일그러졌다. 이런 경우는 지금까지 단 한 번도 없었다.

초조해진 리안이 이를 악물었다. 이대로 끝낼 수는 없다.

그가 과감하게 몸을 날렸다. 그 순간, 강산이 리안의 시야에서 사라졌다.

덜컥!

마치 그런 소리가 자신의 머릿속에서 들린 것 같았다.

'어떻게?'

그의 동체시력은 역대 최고라는 평을 들었다. 지금까지 한 번도 상대를 놓친 적이 없었다. 그런데 강산의 라이트가 그의 턱 아래에 닿아 있었다. 한줄기 식은땀이 리안의 등으로 흘러

내렸다.

"아쉽네."

강산이 입맛을 다셨다. 그것을 본 리안이 이를 악물고 다시 움직이려는 찰나, 사람들이 다가오는 소리가 들렸다.

"3차 가자, 3차!"

"과장님, 너무 취하셨어요. 오늘은 그만 들어가시죠?"

"아아, 싫어, 싫다고오! 니가 오십 대의 무서운 밤을 알아?"

나타난 사람들은 회식한 것으로 보이는 회사원들이었다. 중년의 사내는 잔뜩 취해 목청을 높였고 부하직원으로 보이는 두 사내가 그 곁에서 쩔쩔매고 있었다.

중년의 과장이 눈을 게슴츠레 뜨고 강산과 리안을 보았다.

"뭐야 저것들은?"

"한 명은 외국인인데요?"

"알아 임마. 누가 몰라? 헤이! 나이스 투 미투. 미츄? 야, 맞냐?"

"과장님 발음 죽이십니다!"

"그래? 크하하하하!"

리안은 갑작스런 이들의 등장에 물러서야 했다. 더구나 그들 중 하나의 눈빛이 심상치 않았다.

"어, 그러니까 혹시 권투 선수?"

"뭐?"

"제가 복싱에 관심이 좀 있거든요. 그러니까 저 사람은 몇 년 전에 있었던 대회 챔프가 맞는 거 같고요, 그리고 저 사람 도 낯이 익은데……"

남자가 리안을 가리키며 머리를 짚었다. 열심히 머리를 굴 리며 뭔가를 떠올리려 하는 모습이었다.

더는 있을 수 없었다. 알아보는 사람이 없을 거라 생각했던 예상이 보기 좋게 빗나가고 있었다.

"산. 내일 나와라."

실제로 상대해 보니 자신의 생각 이상이었다. 리안은 이대 로 강산과의 대결을 포기할 수 없었다.

챔피언 벨트를 노리는 도전자와의 경기도, 무술가라는 사 람들과의 대결도 시시하기만 했었다. 그래서 좀 더 강한, 스 릴과 긴장을 느낄 상대를 찾기 위해 할렘가의 갱까지 들쑤신 그였다.

시야에서 강산이 사라지고 턱에 주먹이 닿았을 때 느낄 수 있었다. 이 자라면 자신의 공허함을 채우기에 모자람이 없다 고 말이다.

"아, 맞다. 리안! 리안 카, 어이! 잠깐만요!"

남자가 리안을 떠올렸다. 그러나 이미 리안은 멀어지고 말 았다.

"아오, 과장님. 저 사람 세계 챔피언이에요. 해외에서는 굉장히 유명한 복서라고요. 싸인 정도는 받았어야 했는데."

"챔프라고?"

"네. 그나저나 저기요. 강산 선수 맞죠?"

리안이 사라진 곳을 바라보던 강산의 얼굴에는 작은 미소가 걸려 있었다. 하지만 남자가 부르자 미소는 씻은 듯이 사라졌다.

최근 들어 하우스펍에 문제가 생기려 하면 묘하게 끼어드는 사람들이 있었다. 취객이나 성질 더러운 인간이 시비를 걸면 다른 테이블에 있던 사람이 끼어들어 일이 커지기 전에 상황을 해결하곤 하는 것이었다.

처음에는 그저 우연이려니 했었다. 그러나 그런 일들이 자꾸 반복되고 끼어드는 사람들이 항상 일정한 것을 강산은 파악할 수 있었다.

그들은 바로 하우스펍을 감시하며 어떠한 문제도 일어나지 않게 하란 임무를 받은 국정원의 요원이었다.

요원의 수는 한정 되어 있었다. 그렇기에 간단한 변장으로 인상과 체형을 바꾸며 오가야 했었다. 그걸 강산이 눈치채지 못할 리가 없었다.

지금까지는 그저 놔뒀었다. 어떠한 피해를 주는 것도 아니었고, 오히려 영업에 지장이 생기지 않도록 도움을 주었으니 신경을 안 썼었다.

그러나 오늘은 그냥 지나칠 마음이 들지 않았다. 강산은 남자의 질문을 무시하고 물었다.

"너희 정체가 뭐야?"

"네?"

"난 누가 주변에서 알짱거리는 걸 가장 싫어해. 정체를 밝히든가 사라져라."

강산과 리안을 알아본 남자가 어이가 없다는 표정을 지었다.

"무슨 소립니까? 정체요?"

누가 보아도 아무것도 모르는 얼굴이었다. 그것이 너무나 자연스러워서 강산은 처음으로 자신의 능력을 불신할 뻔했다.

"09가 45XX 검은색 스타렉스, 05사 75XX 검은색 카니발. 당신은 삼 일 전에 회색 가방을 메고 왔었고 당신은 캐주얼 차림에 노란 염색을 하고 왔었지. 그리고 당신은 짧은 수염을 기르고 왔었고."

세 요원의 눈동자가 찰나지간 흔들렸다.

차량 넘버는 그들이 본부로 사용하는 차량 번호였고 변장했던 내용도 정확히 일치했다.

그렇다고 그걸 인정할 수는 없었다. 취한 척하던 중년의 요원은 오히려 도끼눈을 치뜨며 화를 내기 시작했다.

"무슨 헛소리냐? 아니, 그보다 요즘 젊은 것은 정말 예의가 없어. 너 몇 살이야? 앙? 내가 결혼하자마자 애를 낳았으면 너만 할 거다! 어따 대고 반말이야, 반말이!"

"과장님 참으세요!"

"이거 놔! 새파랗게 젊은 새끼가 혀가 반 토막이잖아! 놔! 내가 오늘 아주 버르장머리를 고쳐 주겠어!"

양복 상의를 벗어던지고 와이셔츠까지 훌렁 뒤집으려는 걸 다른 남자들이 말렸다.

"야! 너 뭐해? 당장 가!"

두 남자는 과장을 뜯어말리며 강산에게 손짓했다.

그 모습을 보자니 웃음이 나왔다. 특급 자객도 자신의 이목을 속이지는 못했다. 분명 이들은 강산이 말한 그들이 맞았다. 그런데도 오리발을 내밀다니 우습기만 했다.

당장 떠오르는 것은 국정원이다. 아버지의 직장이기도 했고 같은 환생자인 천종설이 그곳의 높은 자리에 있기 때문이다.

"열흘. 그 안에 사라져라."

만약 이들이 자신이나 아는 사람들에게 피해를 주었다면 적절하게 실력 행사를 했을 것이다. 그러나 오히려 그 반대였기에 강산은 열흘이란 시간을 주었다.

강산은 시끄럽게 고함을 치는 그들을 두고 집으로 향했다.

"참나. 저놈 뭐야?"

난리를 치던 과장은 강산이 사라지자 언제 그랬냐는 듯이 멀쩡한 얼굴로 돌아와 혀를 찼다.

지금까지 이 일을 하면서 이렇게 발각된 적은 없었다. 눈치가 아무리 빠른 사람이라도 의심은 할지언정, 강산처럼 명확하게 깨닫지는 못했었다.

"이거 아무래도 저희가 신경 써야 할 대상이……."

"그래. 저놈 같다."

"어떻게 할까요? 리안 카터란 작자와 아무래도 트러블이 있는 거 같은데."

"어쩌겠냐. 리안은 미국의 복싱 영웅이야. 함부로 끼어들 수는 없어. 일단 보고하고 지시를 기다려야지."

이상한 일이었다. 지금의 상황을 보자면 강산이란 남자가 그들이 보호해야 할 요인일 확률이 높았다.

그러나 지난 일을 생각하면 그것도 애매하다.

강산이 폭행을 당하고 병원에 입원했을 때, 요원들은 시말서를 쓸 각오까지 했었다. 하우스펍의 종업원에게 어떠한 불미스런 사건, 사고도 일어나지 않게 해야 한다는 임무에 실패

한 셈이었기 때문이다.

　그런데 위에서는 아무런 반응도 없었다. 그저 계속해서 잘 지켜보란 지시만 내려왔었다.

　강산은 주요 인물이 아닐 거라는 생각이 들었었다. 별다른 질책이 없으니 그들로서는 당연한 생각이었다.

　하지만 오늘, 지금의 사태를 보자면 아무래도 뭔가 있었다. 평범한, 아무것도 모르는 사람이 저런 관찰력을 가지고 있을 리가 만무했으니까.

　"본부에 연락해. 일 마치고 돌아간다고."

　"알겠습니다."

＊　　　＊　　　＊

　일요일 아침.

　강산은 일어나 앞치마를 둘렀다. 그리곤 아침 식사를 준비하기 시작했다.

　쌀을 씻어 밥을 하고 가스레인지에 물을 올려 된장을 풀었다. 야채를 다듬고 두부도 적당하게 잘랐다. 된장찌개를 만드는 것이다.

　신재숙에게 요리를 배우기 시작한 이후로 틈만 나면 직접 상을 차렸다. 가끔은 특별 요리도 만들어 가족과 함께 먹기도 했다.

국자로 찌개의 맛을 본 강산은 흡족한 표정을 짓더니 가족들을 깨웠다.

"으음, 이거 산이 덕분에 엄마가 호강하는데?"

"산아. 엄마 게을러질라. 적당히 해라."

"진짜 게으른 엄마가 되는 수가 있어요?"

"커흠."

강창석은 헛기침하며 식사에 집중했다. 직장 생활을 하면서 집안일까지 해온 부인이다. 자신이 돕는다고 했어도 대부분은 부인이 해왔다. 그녀가 파업이라도 하는 날에는 집안이 엉망이 될 것은 불을 보듯 뻔한 일이었다.

"정말 맛있네. 이러다 완전 팔방미인 되는 거 아냐?"

강현은 동생의 기막힌 음식 솜씨에 혀를 내둘렀다. 그렇지 않아도 만능로봇처럼 느껴지는 동생이 이제는 음식까지 잘한다. 대체 동생의 저력은 어디까지인지 모르겠다.

"있다가 도서관 갈 거지?"

"응."

"도시락 싸줄 테니까 가져가. 혜정이 누나 것도 줄게."

"정말? 야, 고맙다. 역시 동생밖에 없다니깐."

"아들. 엄마는?"

"어디 나가세요?"

"아니. 점심도 해달라는 소리지. 이왕이면 맛있는 걸로."

이선화는 솔직히 인정하고 있었다. 아들이 직접 만들 수 있는 음식에 대해서는 자신보다도 맛있다는 것을.

어머니로서 그게 속상할 법도 하다고?

전혀 아니다. 남도 아니고 아들이다. 오히려 자랑스럽고 뿌듯했다. 그리고 어머니이기 이전에 자신도 여자였다. 맛집을 찾아 맛있는 요리를 먹고 싶은 욕구는 그녀에게도 있었다.

'마음 같아서는……'

평생 곁에 두고 싶은 아들이었다. 나중에 결혼해도 같이 살고 싶었다.

하지만 그건 안 될 말이다. 아들의 인생은 아들의 인생이다. 자신이 남편과 행복하게 살기를 원하는 것처럼, 아들도 훗날 결혼해서 부인과 행복한 가정을 꾸리길 바랐다.

물론 부모와 함께 사는 것도 좋았다. 그러나 예전 같은 시대가 아니었다. 시부모를 모시라고 하면 누가 좋아할까?

'하윤이는 괜찮으려나?'

신하윤이라면 시부모를 모시겠다고 할지도 모른다. 그 아이라면 충분히 그러고도 남을 일이다.

'아냐. 그럴 순 없지.'

아무리 딸 같은 하윤이라 해도 남자 친구의 부모님과 남편의 부모님은 다른 법이다. 시집살이를 시키지 않겠다고 해도 시어머니 눈치를 보게 될 것이다.

게다가 신혼 생활을 방해할 수도 없었다. 한창 둘만 있고 싶을 시기에 주책없이 끼어들기는 싫었다.

"죄송해요. 제가 이따가 나가봐야 해서요."

마음 같아서는 해드리고 싶었다. 그러나 오늘은 이서경과 함께 리안을 만나기로 한 날이었다. 이미 자신의 뜻을 전했기에 안 만나도 그만이었지만, 어제의 일 때문에 다시 한 번 만나볼 생각이 들었다.

부모님을 생각해서는 리안의 제안을 거절함이 마땅했다.

만약 그가 투로를 느낄 정도로 뛰어난 재능을 보이지 않았다면 그랬을 거다.

자신의 피를 들끓게 할 정도로 강자는 아니지만, 그 정도 재능 있는 자와의 비무는 해볼 만한 일이었다.

'돈도 벌고 말이지.'

부모님께 말씀드리지 않고 해야 할지도 모를 일이었다. 그런 만큼 그에 상응하는 보상을 받아낼 생각이었다.

"요즘 하윤이는 뭐하니? 통 보이질 않네."

"공부하느라 바빠요."

"아무리 그래도 그렇지. 혜정이도 본과 들어가서 얼굴 보기 힘든데 하윤이까지 그러니."

아들들이 아무리 잘나고 훌륭하게 자라주었다고 해도 아들이다. 딸이 주는 재미는 솔직히 없다고 봐야 했다.

그건 이선화만 하는 생각은 아니었다.

"나도 서운하다."

강창석도 한마디 보탰다. 이따금씩 어깨도 주물러 주고 애교도 부려주던 이혜정과 신하윤이 보이지 않으니 섭섭했다.

"알았어요. 조만간 들르라고 할게요."

"저도 혜정이한테 말해서 오라고 할게요."

아들들의 말에 그제야 흡족한 미소를 띠는 강창석과 이선화였다.

식사를 마치고 설거지는 강현이 했다. 강산이 음식을 만들 때에는 항상 이런 식이었다. 아예 부모님이 손가락 하나 까딱하지 않게 했었다.

누구나가 부러워할 화목한 집안이다. 전에는 왜 이렇게 살지 못했는지.

강산은 소파에 나란히 앉아 아들들에 대한 이야기를 소곤거리는 목소리로 나누시며 웃으시는 부모님을 보았다. 어쩌면 저 웃음을 보기 위해서 과거로 돌아왔는지도 모르겠다.

이번 삶에서 만큼은 아무런 문제도 없이 지금의 행복을 지키고 싶었다.

　"차 한 잔 드실래요?"

　"그래줄래?"

　강산은 주전자를 올리고 찻잔을 꺼냈다.

　'최선을 다하자.'

　이 삶을 지키기 위해서 그는 노력을 아끼지 않을 생각이었
다.

3장

챙겨줘야지

천종설.

과거 중원에서 천기신뇌라 불리었던 그는 부인을 너무나
도 사랑했었다. 한시라도 그녀가 없는 세상은 상상조차 할 수
없었고, 그녀와의 이별은 죽음보다 더한 고통으로 여겨졌었다.

부인 또한 그런 천종설을 세상 누구보다도 아꼈다. 그야말
로 천생연분이라 할 정도로 금슬이 좋았던 두 사람이었다.

하지만 불행은 예고도 없이 찾아온다고 했던가?

부인이 병에 걸려 쓰러진 것은 그의 나이 40이 넘었을 때였
다.

중원 천지에서 가장 용하다는 의원을 찾아 그녀를 살리고
자 노력했지만 역부족이었다. 그녀는 나날이 시들어갔고 죽
음을 향해 달려갔었다. 의원들도 마음의 준비를 하라는 소리
만 해대며 고개를 저었었다.

　천종설은 그 사실을 받아들일 수 없었다. 그때부터 그는 미
친 듯이 새로운 진법을 연구하기 시작했다.

　그가 진법에 관해서는 전설적이라 평가받게 된 것도 이 시
기에 만든 수많은 진법 때문이었다. 진법 안에서는 시간이 천
천히 흐르게 만드는 만상시공진부터 종내에는 함께 환생할
수 있는 구천귀혼대회진까지.

　모든 것은 그녀를 위해 노력한 결과였다.

　그러나 그가 했던 수많은 노력은 아무런 소용도 없었다. 결
국 그녀의 병은 고칠 수 없었고 자신 또한 너무 무리를 하는
바람에 깊은 병을 얻게 되었다.

　너무도 안타까웠다. 아직 그녀와 함께 해보지 못한 일들도
많건만, 하늘은 잔인하게도 그들에게 더 이상의 시간을 허락
하지 않았다.

　절망에 빠져 그녀의 곁에서 함께 죽어가던 시기에 그의 뇌
리에 떠오른 것이 구천귀혼대회진이었다.

　피를 토하며 연구에 연구를 거듭한 끝에 진법을 완성했다.
실험해 볼 수도 없었고 직접 죽지 않는 이상은 확인할 방법도

없는 역천의 진법.

천종설은 그것을 이용해 환생할 수 있었다. 그러나 세상에 대한 호기심에 한동안 그녀를 찾는 것을 미루었다.

그리고 훗날에는 그녀를 찾을 수 없게 되고 말았었다. 믿을 수 없을 정도로 강인하고 잔혹 무도한 고수의 등장. 그때만큼은 구천귀혼대회진을 남긴 것이 사무치도록 후회가 되었었다.

후회는 깊었고 돌이킬 수 없었다. 절망의 나락에 빠진 그가 택할 수 있는 것은 아무것도 없었다.

그러던 찰나에 회귀가 일어났다. 이번에는 그녀를 찾기 위해 모든 노력을 기울였다.

그러나 이번에도 늦고 말았다.

"가가."

병원 침대 위에 누워있는 중년의 여인. 그녀는 천종설을 바라보며 눈물지었다.

어찌 이런 운명이 있을 수 있을까.

겨우 만나게 된 그녀는 이번 삶에서도 심각한 병마와 싸우고 있었다.

왜! 어째서!

천기를 어지럽히는 무수한 진법을 만들었기 때문일까? 아니면 이것이 본래의 운명이란 말인가?

"괜찮아요. 죽기 전에 이렇게 만나게 된 것도 감사할 따름이에요."

여인은 애달픈 눈으로 천종설의 손을 잡았다. 앙상한 그녀의 손아귀가 그의 가슴을 찢어지게 만들었다.

이럴 순 없었다. 이대로 또 다시 그녀를 떠나보내지는 못한다.

천종설의 눈이 불타올랐다.

천기를 어지럽혀 이런 벌을 주는 것이라면, 철저하게 천기를 어그러트리리라.

"가가."

천종설은 힘겹게 부르는 그녀를 뒤로하고 병실을 나섰다. 그의 걸음걸음에 실린 것은 하늘을 찢어발길 듯한 분노였다.

*   *   *

챔피언 체육관.

강산과 신하윤, 문대식으로 인해 체육관의 인기는 높아졌다. 인기에 따라 사람이 많아지다 보니 그간 아마추어 챔피언전의 우승자도 대부분 챔피언 체육관 소속인 경우가 많아졌다.

체육관의 규모는 전보다 커졌다. 50평 남짓했던 기존의 건물이 아닌, 100여 평이 넘는 곳으로 옮겼다.

오늘 리안을 만나기로 한 장소는 다른 곳이었다. 그러나 강산은 집을 나서며 약속 장소를 체육관으로 변경했다.

'홍보 효과란 거지.'

유명한 세계 챔프가 체육관에 들렀다는 소문이 나면 체육관의 입지가 더욱 오를 일이었다. 그간 자주 찾아오지 못했던 미안한 마음에 약간의 보상을 해주기로 한 것이었다.

"어서 와라, 산아!"

체육관에 들어서자 문춘수가 환하게 웃으며 맞이했다.

"오랜만이네요."

"그러게. 녀석, 좀 자주 찾아오고 그러지 그랬냐."

"요즘 좀 바빠서요."

"얘기는 들었다. 자취하고 있다며? 아르바이트도 하고."

"네. 사회 경험을 조금 해보려고요."

"그것도 좋지. 남자라면 한 번쯤 혼자 힘으로 살아봐야 해."

"안녕하세요, 관장님?"

"어? 이게 누구야. 우리 여왕님 아냐?"

챔피언전에서 링 위의 여왕이란 별명을 얻은 신하윤의 눈이 쌜쭉해졌다.

"무슨 여왕님이에요."

"하하! 여왕이니까 여왕이라고 하지. 그래, 그간 잘 지냈냐? 산이랑 싸우지는 않았고?"

"당연하죠."

신하윤의 뒤를 따라 이서경도 체육관으로 들어왔다.

"문 챔프님, 안녕하세요?"

"어서 오세요 이서경 이사님. 저야 이사님과 화이트 프로모션 덕분에 안녕하죠."

챔피언 체육관은 화이트 프로모션과 계약을 맺었다. 챔피언 체육관 소속의 복서에 대한 대외적인 관리를 화이트에서 해주는 것이다.

그러다보니 문춘수는 이서경을 편하게 대하지 못했다. 깍듯하게 이사님이라 부르며 예의를 차렸다.

"일단 안으로. 대식아!"

한창 세도우 복싱을 하던 문대식이 고개를 돌려 이쪽을 바라보았다. 그의 얼굴에는 숨길 수 없는 반가움이 묻어났다.

"산아! 하윤아!"

올림픽 국가대표 선발전을 준비 중이라더니, 체육관에는 그 말고도 몇몇 복서가 더 보였다. 그들의 시선도 일제히 일행에게로 쏠렸다.

"잘 지냈냐?"

"그래. 너도 훈련 열심히 한 거 같은데?"

대충 보기에도 이전보다 기량이 더 올라간 모습이었다. 분위기 자체가 묵직하고 단단하게 변해 있었다.

"당연하지. 이번에는 나도 올림픽에 나가야지."

"금메달 아니면 취급 안 해주는 거 알지?"

"야, 신하윤. 걱정 마라. 오빠가 누구냐? 금메달은 따 놓은 당상이다."

"오빠?"

하윤의 눈이 얇아졌다. 그것을 본 대식이 손사래를 치며 수습했다.

"농담이다, 농담. 오랜만에 만나서 장난도 못 치냐?"

대식은 아직도 하윤의 앞에서 쩔쩔맸다. 아마도 검은 머리가 파뿌리가 되어도 변함이 없을 모양이다.

체육관 곳곳에 사진이 붙어 있었다. 대부분이 대회에서 우승한 사람의 사진이었다. 그중에는 강산과 신하윤의 것도 있었다.

사무실에 들어가 자리를 잡았다. 문춘수는 손수 차를 타서 사람들의 앞에 놓아주었다.

"그래, 갑자기 무슨 일이야? 이서경 이사님까지 오신 걸 보니 그냥 놀러온 건 아닌 거 같고."

강산이 의미심장하게 웃었다.

"관장님. 리안 카터 아시죠?"

"리안? 당연하지. 세계 최고의 복서 아냐? 그런데 그건 왜?"

"오늘 그 리안 카터가 이곳에 올 겁니다."

"뭐?"

문춘수가 자리에서 벌떡 일어섰다.

해외에서는 복싱 영웅이나 마찬가지인 사람이다. 그런 사람이 한국을 찾아온 것도 모자라 자신의 체육관에 온다니, 믿을 수 없는 일이었다.

농담일까?

아니다. 강산은 이런 일로 농담할 녀석이 아니었다.

"일단 자리에 앉으세요."

"아, 그, 그래."

자리에 앉은 문춘수가 목이 타는지 찻잔을 들어 벌컥 들이켰다.

뜨거운 차였다.

"쿨럭!"

사무실 안에 웃음이 흘렀다. 리안 카터와는 비교가 되지 않지만 문춘수도 한때는 세계 챔프였다. 그런 그가 이렇게 긴장하는 모습을 보일 줄은 몰랐다.

"왜 온다는데?"

정신이 없는 아버지 대신 문대식이 물었다. 그 또한 잔뜩 흥분한 얼굴이었다.

하긴, '세계 최강의 남자가 될 거야!' 를 입에 달고 살았던 녀석이다. 그에게 있어서 리안 카터는 분명 넘어야 할 산이었고 인생의 목표나 다름없었을 것이다.

"나랑 스파링을 하고 싶다더라."

문춘수, 문대식 부자의 눈이 동그래졌다.

"스파링?"

"그래. 별로 하고 싶은 생각은 없지만……."

"야! 무조건 해! 이런 기회가 흔한 줄 알아?"

문대식이 흥분하며 소리쳤다. 확실히 복서라면 이런 모습을 보이는 것이 정상이었다.

"일단 오늘 이야기 좀 해보고."

강산은 그리 말하며 의미심장한 눈빛으로 문춘수를 바라보았다.

관장님. 돈 많이 버셔야죠.

나름대로의 이심전심이랄까? 문춘수는 강산의 뜻을 알아차릴 수 있었다.

한때 아마추어 챔피언전으로 인해 복싱에 대한 관심이 반짝 커졌었다. 그 덕에 관원도 늘고 체육관도 옮길 수 있었다.

하지만 그건 말 그대로 한때일 뿐이었다.

최근에는 또다시 판정 시비가 이슈가 되었다. 새롭게 생겨난 협회 간의 반목도 거세어지면서 끓어올랐던 관심이 싸늘하게 식어가는 중이었다. 사람들은 그러면 그렇지, 하면서 고개를 돌려 버렸다.

챔피언 체육관도 그 여파를 받고 있었다.

아무리 프로모션을 해도 관중이 없고 호응이 없으면 수익을 낼 수가 없었다. 그런 상황에서도 체육관의 사람이 크게 줄지 않은 것은 순전히 문춘수 때문이었다.

그는 돈을 벌었음에도 개인적 소비를 하지 않았다. 차도 10년이나 끌고 다녔던 차 그대로였다. 벌어들인 돈을 소속 복서의 지원에 썼기 때문이었다.

하지만 그것도 요즘에는 힘들었다.

가뜩이나 누군가에게 입에 발린 말을 하지 못하는 문춘수다. 기존의 협회나 새로운 협회 어디에도 발을 들이지 않고 올곧게 움직이는 그를 달갑게 볼 리가 없었다.

점차 복서 간의 대전을 주선하기가 힘들어졌고 대회에 나갈 때마다 판정 시비를 신경 써야 했다.

더구나 몇몇 유망주를 빼앗기는 일까지 벌어졌었다.

하지만 리안 카터가 온다면 상황을 좋게 만들 수 있었다. 그가 방문한 소문이 퍼지고 함께 찍은 사진이 체육관에 걸리면 그것만으로도 체육관에 큰 도움이 된다.

강산이 이런 상황을 알고 도움을 주는 것은 아니었다. 단지 돈을 많이 벌 기회를 주고자 했을 뿐이었다.

"산아. 고맙다."

문춘수의 감사는 진심이었다.

"고맙긴요. 다 돕고 사는 거죠."

"짜식."

코끝이 찡해졌다. 아들이 친구 하나는 잘 뒀다는 생각이 들었다.

"관장님!"

밖에서 연습을 하던 관원 하나가 사무실 문을 벌컥 열고 들어왔다.

"야, 뭐야? 뭔데 호들갑이야?"

"채, 챔프요, 챔프!"

"챔프? 챔프가 뭐?"

"세계 통합 챔프! 리안 카터요!"

복싱 체육관 아니랄까봐, 관원은 리안을 한 번에 알아본 모양이었다.

문춘수는 마음을 가라앉혔다. 강산이 어렵게 만들어준 기회였다. 이렇게 된 거 얼굴에 철판을 깔아야 했다.

"리안이가 왔어?"

관원은 깜짝 놀랐다. 마치 잘 아는 사람이 왔다는 것처럼 말하는 모습 때문이었다.

"리안 챔프랑 아는 사이세요?"

"그럼. 당연히 알지."

거짓말은 아니다. 복서 중에 리안 카터를 모르는 사람은 없으니까.

어차피 녀석들은 리안의 말을 알아듣지도 못할 거다. 그간 리안에 대해 말하지 것을 의심해도 상관없었다. 하늘같은 관장이 그렇다는데 어쩔 것인가?

"나가보자."

문춘수가 어깨에 힘을 주며 사무실을 나섰다. 이왕 소문이 나는 거, 친하다고 소문이 나면 더 좋을 일이었다.

리안과 샤를은 체육관 안에 있었다. 그들은 천천히 체육관을 둘러보다가 다가오는 사람을 발견했다.

"리안! 어서 와요!"

문춘수는 환하게 미소 지으며 다가가 손을 내밀었다. 일단 반갑게 인사하는 모습부터 보여줘야 했다.

그러나 그의 의도는 시작부터 삐걱대기 시작했다. 리안이 그를 거들떠보지도 않고 강산만 쳐다보는 것이었다.

'이, 이게 아닌데.'

문춘수는 당황스러웠다. 외국인들은 인사하면 곧잘 받아

준다기에 쉽게 생각했는데 이러면 곤란했다.

그러나 구원의 동아줄은 어디서나 있는 법이었다.

"리안. 내 스승님이시다."

강산의 말에 리안의 눈빛이 달라졌다.

'이 사람이?'

잠시 문춘수를 바라보던 리안은 손을 맞잡았다. 강산의 스승이라니 마냥 무시할 수는 없는 일이었다.

"Nice to meet you."

"어, 그래. 미투다. 이 친구 여전히 무뚝뚝하구만."

다행이 적당히 얼버무릴 수 있었다. 관원들의 눈초리에 존경심이 담기고 있었다.

그러나 문춘수는 질길 줄 알았던 동아줄이 끊어져 나가는 환청을 들어야만 했다.

"인사는 간단하게 했으면 합니다. 한가한 분은 아니시거든요."

곁에 있던 금발의 미녀, 샤를이 유창한 한국어를 구사했기 때문이었다.

사무실에 앉자마자 샤를은 새로운 제안을 했다.

대전료 1억, 3분 5라운드에 1라운드당 5천 만 원, 리안 카터가 패할시 1억 원 추가 지급.

스파링이라 할 수 없는 조건이었다. 직접 그런 조건을 제시하면서도 샤를의 마음은 좋지 않았다.

마스터의 성격은 그녀가 누구보다 잘 안다. 강자와의 대결을 위해서는 수단과 방법을 가리지 않는다.

가장 흔하게 쓰는 수단은 돈이었다. 방어전 한 번에 수백억이 넘는 대전료를 받고 그만한 추가 수익까지 벌어들이는 그에게 돈 쓰는 일은 별 거 아니었다.

처음 제시했던 조건도 한국의 복서라면 무조건 받아들일 만한 조건이었다. 그런 조건을 거부한 것으로 보아 이 사람은 전혀 복싱을 할 의사가 없다고 생각했었다.

그래서 두 사람을 마주치게 만들었었다.

할 생각이 없으면 하게 만들면 된다. 돈을 마다했으니 시비를 걸면 되는 일이다. 강자와의 대결에 목이 마른 리안은 찬밥 더운밥을 가리지 않았다.

그녀의 생각대로 리안은 강산의 뒤를 쫓았다. 그런데 결과는 전혀 달랐다.

돌아온 리안은 샤를에게 말했다.

"내일 다시 협상한다."

어째서?

샤를은 이해가 가지 않았다. 시비를 걸고 몇 번 주먹을 섞어보면 답이 나온다. 그가 진짜 강자인지, 아닌지.

대게는 리안의 성에 차지 않았다. 적당히 상대하고 치료비와 위자료 몇 푼 주어주면 끝났다. 세상에 돈을 마다하는 사람은 없었다.

그런데 이번에는 달랐다. 강산을 뒤쫓았다가 돌아온 그의 눈빛은 더 이상 무료한 눈빛이 아니었다.

"조건 자체는 나쁘지 않군요."

화이트 프로모션의 이서경 이사.

그녀를 바라보는 샤를의 눈치가 좋지 않았다. 그럴 수밖에 없었다.

"리안 선수 따위 상대할 시간은 없습니다. 정 스파링을 하고 싶으면 한국으로 오던가요. 우리 강산 선수는 바쁘거든요."

리안을 선수 따위로 치부한 그녀의 말이 아직도 귓가에 맴돌았다.

"나쁘지 않다니요. 누구도 세계 챔프와의 스파링에 이 정도 대우를 받지 못해요. 파격적인 대우라는 것, 잘 아실 텐데요?"

공식적인 자리에서 이런 논의를 한다는 것 자체가 자존심이 상하는 일이었다. 무체급 챔프라고 해도 복싱의 인기가 바닥인 한국 내에서일 뿐이었다. 세계 챔프인 리안과는 비교조차 될 수가 없었다.

한마디로 시건방진 모습으로 비춰질 뿐이다. 샤를은 기분 나쁜 속내를 감추지 않았다.

"더 이상의 조건은 없습니다. 그리고 이런 사실이 알려지면 강산 선수에게도 좋을 게 없을 거예요."

한국의 복싱관련 협회는 문제가 많았다. 뛰어난 선수를 육성하고 돕는다는 취지는 어디에도 없었다. 그들은 그저 선수를 이용해 돈을 벌고 명성을 얻으려 혈안이 되었을 뿐이다.

샤를은 한국에서 만든 복싱 포스터를 보고 마시던 커피를 뿜을 뻔했었다.

선수 사진보다 관계자와 후원자 사진, 후원사 광고도 한 가득이었다. 경기 포스터라기보다는 광고 쪼가리나 다름없는 모양새가 얼마나 웃기던지.

포스터는 복싱의 부흥에 힘을 쓰는 느낌보다 자신들 장사를 위해 잘난 체하는 자들의 광고지였을 뿐이다.

선수의 피를 빼는 거머리 같은 존재들, 그것이 샤를이 내린 한국 복싱 관련 협회에 대한 평가였다.

"분명히 말씀드리죠. 우리는 강산 선수를 생각해서 복싱 협회가 아닌, 화이트 프로모션으로 연락한 겁니다. 하지만 계속 이렇게 나오신다면 저희도 어쩔 수 없죠."

아무리 화이트 프로모션이 강산을 관리한다고 해도 협회의 입김은 무시할 수가 없었다. 복싱을 아예 못하게 만들지는 못해도 매우 귀찮게 할 수는 있었다.

하지만 이서경은 전혀 동요하지 않았다. 어차피 국내에 미련이 많은 것도 아니다. 단지 강산의 가족과 병역 문제 때문에 조심할 뿐이다.

"재밌는 말씀을 하시는군요. 하지만 이번 건에 대해서는 강산 선수의 의견에 따를 겁니다. 그쪽에 휘둘릴 이유도 없고 아쉽지도 않으니까요."

협회에 말하겠다고?

각 스포츠 협회에 가장 많은 후원을 하는 기업이 대하그룹이다. 샤를이 조금만 더 자세히 알아봤으면 알 일을 얼마나 만만하게 봤으면 이런 식으로 나오나 싶다.

"강산 씨. 더 이상 말해봤자 입만 아플 뿐이겠어요. 없던 일로 하죠."

이서경이 자리에서 일어났다. 샤를의 안색에 당황스런 기색이 떠올랐다가 빠르게 사라진다.

샤를과는 달리 이서경은 그녀에 대해서 나름대로 조사를 해왔다. 리안의 프로모터로서 상당한 프라이드를 가지고 있는 여자였다.

'그 프라이드가 당신의 발목을 잡겠지.'

지금의 상황은 샤를이 잘못한 셈이었다. 자세한 조사도 하지 않고 세계 챔프의 프로모터라는 배경만으로 밀어붙인 것이었다.

소문이 난다면 리안에게 좋지 않으면 않았지, 강산에 비할 바가 아니다. 프로도 아닌 아마복서, 그것도 한국의 이름 없는 복서에게 스파링을 거절당했다는 소문은 그의 명성에 오점으로 남을 거다.

뜸은 다 들였다. 이제 샤를이 두 손을 들면 강산이 원하는 방향으로 판을 짤 것이다.

그때, 강산이 나섰다.

"그쯤 하죠. 스파링은 하는 걸로 하겠습니다. 그리고 돈은 필요 없어요."

"강산 씨."

느닷없는 강산의 말에 이서경은 물론이고 옆에서 안절부절 못하며 듣고 있던 문춘수도 놀란 토끼 눈이 되었다.

"대신 몇 가지 조건이 있습니다만."

"조건이요?"

"네. 별거 아닙니다. 무리한 부탁도 아니고요."

이번 생에서는 후회하는 일을 만들고 싶지 않았다. 가족도 그렇고 친구나 연인에 관한 일도 그렇다. 그가 아는 사람과 어울리며 행복하게 살고 싶을 뿐이다.

돈이야 얼마든지 벌 수 있었다. 복싱만이 아니라 다른 스포츠 종목으로도 유명해질 자신이 있었다.

그러니 돈 보다는 다른 선택을 하기로 했다.

"야, 산아. 이래도 되는 거냐?"

체육관에는 줄이 길게 늘어서 있었다. 그 줄의 맨 앞 테이블에는 사인펜을 열심히 놀리고 있는 리안이 있었다.

강산이 그에게 요구한 것은 챔피언 체육관에서의 팬 사인회 개최와 문 관장과 적당한 친분이 있다고 말해주는 일이었다.

"됩니다."

이 정도 해준다고 리안이 곤란할 일은 없었다. 사인하는 일이 조금 귀찮긴 하겠지만, 그 정도는 유명인이라면 누구나 겪어볼 만한 일이었다.

반면 이로 인해 체육관이 얻을 수 있는 이익은 상당했다. 특히 복서를 꿈꾸는 이들에게 미칠 파장은 적지 않을 것이다.

문춘수는 강산의 마음이 고마우면서도 미안했다. 충분히 큰돈을 벌 수 있었는데 그걸 포기하다니.

"다치지 마라."

스파링은 비공개로 체육관에서 하기로 했다. 의료진과 심판은 리안 측에서 믿을 만한 사람을 데려오고 경기 내용은 절대 비밀에 붙이기로 협의를 마쳤다.

당일 참관할 수 있는 사람도 이서경과 샤를 에미앙뿐, 문춘수조차도 그날은 체육관에 올 수 없었다.

"걱정 마세요."

한창 사인을 하던 리안과 눈이 마주쳤다. 나른하게 풀려 있던 리안의 눈동자에 순간적으로 불똥이 튀었다.

미국에서도 팬미팅이나 인터뷰를 귀찮아하는 리안이다. 본의 아니게 이런 일을 하게 된 불만이 상당했다. 그는 이번 스파링에서 강산을 최대한 엿 먹일 생각이었다.

'귀여운 녀석.'

강산은 그런 리안을 보면서 나직이 웃었다. 결국에는 자신과의 스파링을 위해 모든 조건을 감수한 녀석이다. 그 끝없는 승부욕이 강산이 볼 때는 마냥 귀엽기만 했다.

*   *   *

챔피언 체육관의 링 위에 강산과 리안 카터가 올라섰다.

규칙을 설명하는 레퍼리도, 링 밖에 있는 의료진과 샤를도 긴장한 모습이었다.

오늘의 스파링은 이미 스파링이 아니게 되었다.

헤드기어도 없이 8파운드 글러브를 쓰기로 했다. 라운드도 없고 판정도 없다.

더구나 경기 시작 전, 강산은 한 사람이 KO가 될 때까지 끝나지 않는 경기를 제의했다. 일종의 데스매치를 하자는 소리였는데, 리안은 샤를의 반대에도 불구하고 이를 받아들였다.

어차피 공식 경기도 아니었기에 양측에서 합의만 하면 되는 사안이었고 강산은 합의서까지 내밀었다. 경기에서 어떠한 결과가 나오더라도 상대방에게 그 책임을 묻지 않으며 결과에 승복한다는 내용이었다.

그렇기에 다들 긴장을 하고 있었다. 어쩌면 누구 한 명은 크게 다칠 수도 있기 때문이었다.

하지만 다른 사람들과는 달리 이서경에게는 전혀 긴장한 구석이라곤 찾아볼 수가 없었다. 강산의 능력에 대해서 잘 알기 때문에 걱정할 필요가 없기 때문이었다.

샤를은 그런 이서경의 모습이 마음에 들지 않았다.

"제정신이 아니군요."

샤를은 리안을 믿었다. 그러나 이런 변칙적인 경기라면 어떠한 결과가 나올지 예상할 수가 없었다. 선수를 보호해야 하는 프로모터의 입장에서 당연히 반대해야 했지만, 리안의 뜻이 너무도 확고부동했다.

"글쎄요. 제 눈에는 당신들이야 말로 이상하네요."

스파링을 하겠다고 엄청난 대전료를 제시하는 거나, 이런 위험한 룰을 수락하는 모습도 정상으로 보이지는 않았다.

"흥, 후회하지나 말아요."

리안은 절대 지지 않을 것이다. 그것은 그녀에게 있어서 거의 신앙과도 같았다.

'아무 일도 없을 거야.'

하지만 믿음과는 다르게 자꾸 불안한 마음이 일어나고 있었다.

리안은 레퍼리가 말하는 규칙 설명을 한쪽 귀로 흘리며 강산을 바라보았다.

며칠 전의 대결이 떠올랐다. 자신의 동체시력으로도 따라갈 수 없었던 순간적인 움직임이 대단했다. 그리고 턱에 닿았던 글러브의 차가움.

'좋아.'

그의 입가에 미소가 피어올랐다.

위협적이고 뛰어난 선수임은 인정한다. 확실히 지금까지 상대해 왔던 선수와는 달랐다.

그러나 오늘은 링 위의 대결이다. 그 정도로 폭발적인 움직임을 보이는 선수라면 아웃복싱 스타일로 상대하면 된다. 거리를 두고 빠른 풋워크로 요리할 생각이었다.

특히 리안은 딱히 정해진 복싱 스타일이 없는 선수였다. 따지자면 만능 복서라고 할 수 있었다.

인, 아웃을 오가며 왼손을 주무기로 하는 사우스포도 가능한데다, 펀치력도 강력해서 하드펀처로도 불린다. 그야말로 어떠한 상대라도 대응할 수 있는 뛰어난 복서다.

맷집도 비교가 안 된다. 프로의 세계는 강력한 펀치력을 가진 복서가 많다. 아마추어처럼 점수를 따내는 복서가 아니기에 강력한 맷집도 필수였다.

아마복서인 강산의 펀치는 아마 그 수준일 것이다. 그렇다면 어지간한 펀치는 무시해도 되리라.

"복스!"

레퍼리가 시작을 알려왔다.

리안은 일단 아웃복서 스타일로 거리를 벌렸다. 지난번처럼 갑작스런 기습을 경계한 것이다.

그러나 강산은 전처럼 뛰어들지 않았다.

'오랜만이야.'

가볍게 뛰면서 링 위에 올라온 기분을 만끽했다. 도망칠 수 없는 사각의 전장이라 여기게 되면 무인의 피가 조금이나마 끓게 된다.

이럴 때마다 천생 무인이라는 생각이 든다. 아무리 평범하게 살려고 해도 이 뜨거움을 포기할 수가 없다.

목숨을 건 생사결도 좋지만, 무예를 겨룰 수 있는 그 순간을 좋아하게 된 것이 언제였던가? 손 안에 온기 하나 남겨야지 않겠냐는 소림사 중과의 비무 이후였을 것이다.

"산!"

나름대로 순간을 즐기고 있던 강산의 귓가에 분노한 리안의 외침이 들려왔다.

'쯧. 조금만 기다릴 것이지.'

오래 끌고 싶은 생각은 없었다. 그가 체육관에 도움을 준 것은 사실이나, 며칠 동안 강산이 제대로 알바를 하지 못해 깎인 시급은 아까웠다.

돈 몇 푼에 꽁하는 건 아니지 않느냐고?

돈 때문에 꽁한 거 아니다. 돈이 아까운 게 아니라, 항상 일정하게 찍히던 통장의 수치가 달라지는―줄어드는―걸 용납할 수 없을 뿐이다.

고수를 쓰러트리고 명성을 쌓는 것만큼이나 통장에 돈이 쌓이는 재미도 쏠쏠한 요즘이다. 이게 또 한 번에 큰돈아 들어오는 것보다 자잘하게 차곡차곡 쌓이는 게 더 뿌듯하다는 걸 사람들은 알까 모르겠다.

쿵, 리안이 바닥을 강하게 박차며 달려들었다.

강산이 가볍게 마중을 나갔다.

뻑!

물론 주먹으로 마중을 갔으며, 그 주먹은 기막힌 타이밍에 절묘한 카운터로 리안의 안면에 적중했다.

쿵!

이번에는 리안이 링 위에 쓰러지는 소리가 육중하게 울렸다.

레퍼리가 강산을 물러서게 하고 리안의 상태를 확인했다. 가볍게 볼을 두드렸으나 기절한 리안은 정신을 차리지 못했다.

처음부터 오래 끌 생각은 없었다. 그래서 승부에 불복할까 봐 합의서까지 준비해 왔었다. 분명 합의서에는 어떠한 결과에도 승복한다는 조항까지 있었다.

'그러니까 한동안은 귀찮게 하지 말라고.'

강산은 아쉬운 얼굴로 링 위에서 내려왔다.

4장
까불지 마

하우스펍이 유명해질수록 찾는 사람들도 다양해졌다. 그 중에는 각계각층의 지도층도 이따금씩 섞여 있었고 연예인을 비롯한 방송 종사자도 꽤 되었다.

"저기요, 그러지 말고요."

잠시 쉬는 시간, 지치지 않는 체력을 가진 강산이라도 틈이 나면 쉬어둔다. 특히 쉬는 틈틈이 주방에서 나오는 간식은 강제로 휴식을 취하게 할 만큼 충분한 식도락을 제공했다.

그런 소중한 시간을 방해하는 훼방꾼이 있었으니, 무슨 기획사의 캐스팅 매니저란다.

"일단 카메라 테스트만이라도 받아보시는 게 어떠세요?"

지치지도 않고 근 한 달 동안 하우스펍에 출근도장을 찍고 있다. 정성으로 따지자면 대단한 정성이다. 어지간하면 눈 딱 감고 들어줄 법도 하지만 강산은 단호하게 말했다.

"바빠요."

언제나 한결같은 대답이었다. 그리고 딱히 틀린 말도 아니었다.

평일에는 학교가 끝나고 일을 하기에 시간이 없다. 강의가 없는 날에는 친구들과 어울리거나 가족과 함께한다. 그마저도 시간이 맞지 않으면 한 푼이라도 더 벌기 위해서 일을 한다.

어느 것 하나도 소홀히 할 수 없고 방해받고 싶지 않은 시간이었다. 그 시간을 포기하면서 쓸데없이 하지도 않을 연예계의 일에 시간을 낭비할 순 없었다.

"진짜 얼마 안 걸린다니까요? 2시간, 아니, 1시간이면 충분, 읍."

강산이 오늘 간식으로 나온 춘권 하나를 매니저의 입에 넣었다.

"맛있죠?"

우물거리며 춘권을 먹은 매니저가 고개를 끄덕였다.

"더 드릴까요?"

먹고 떨어지란 소리다, 좀.

그런 강산의 마음을 느낀 것일까. 매니저가 어중간한 표정을 지었다. 화내는 것도 아니고 웃는 것도 아닌 그런 얼굴.

그렇다고 쉬이 포기할 수는 없었다.

강산은 요즘 아이돌처럼 꽃미남 같은 스타일은 아니었다. 오히려 이목구비가 뚜렷한 사내다운 생김새였다.

'그러면서도 눈을 뗄 수 없는 묘한 매력이 있단 말이야.'

분위기라고 해야 할까? 강산은 요즘 아이답지 않은, 사람의 마음을 잡아끄는 묘한 매력이 있었다. 의식하지 않으면 모르되 한 번 보면 자꾸 눈길이 가게 되는 그런 매력.

매력의 정체는 바로 마기였다. 강산이 마음먹고 풀어놓으면 일반인들의 심장을 멈출 정도로 흉포한 기운이지만, 지금처럼 안으로 갈무리하면서 조금씩 새어나오는 마기는 오히려 카리스마로 느껴지게 만든다.

'아예 성취를 높여야 하나.'

과유불급이라 했다. 너무 높은 경지에 이르면 무공을 사용하는데 거리낌이 없어질지도 모른다. 그리고 그렇게 무공을 사용하다가 지난번 생애처럼 될 지도 모르고. 그래서 기운을 완벽하게 숨길 수 있는 탈마의 경지는 의식적으로 오르지 않고 있었다.

강산으로 하여금 스스로 정한 규칙을 깰 생각까지 하게 만든 매니저는 그것도 모르고 그저 작게 한숨을 내쉬며 푸념하듯 말했다.

"강산 씨. 진짜, 솔직히 우리 얘기 좀 해요. 다들 연예인이 되지 못해서 안달인데 강산 씨는 왜 그렇게 싫어하는 거죠?"

"몰라서 물어요?"

"뭘요?"

"자유가 없잖아요."

"자유요?"

"마음대로 놀러가는 것도, 연애도 못 하고 스케줄에 따라 움직여야 하잖아요. 전 그런 거 싫습니다."

"꼭 그렇지만도 않아요. 더구나 그런 것을 상쇄하고도 남을 만큼 돈도 많이 벌 수 있고요. 스케줄이야 얼마든지 조정할 수도 있어요. 노예 계약 그런 거 다 옛말입니다."

강산이 실소를 흘렸다.

"복서보다 많이 벌어요?"

"복서요?"

"권투 선수. 세계 챔프 말입니다."

세계 챔프라. 강산이 복싱을 했다는 건 알고 있었다. 그것도 꽤나 실력이 있는 선수였었다는 것도 안다.

하지만 복서의 미래는 암울하기만 하다. 국내 세계 챔프 중에는 생활고로 벨트를 반납하는 사례도 있었기 때문이다.

"강산 씨. 어떻게 복서랑 비교를 해요? 강산 씨 정도면 노력 여하에 따라 수십억을 벌수도 있어요. 많아야 몇백, 몇십만 원 받는 복서와 비교하다니요. 그리고 요즘 누가 복싱을 좋아해요? 이종격투기가 더 낫지."

이래서 문제다. 많은 사람이 복싱에 대해서 자세하게 알지도 못하고 있다.

물론 국내 상황에서는 그의 말이 맞을 수도 있다. 그러나 세계로 눈을 돌리면 다르다.

"미국의 세계 챔프 대전료가 300억 전후입니다. 최근 인기를 끌고 있는 리안 카터의 경우 최근 1년 수입이 3천억입니다. 못 믿겠으면 검색해 봐요."

"무슨 그런……."

강산은 몸을 돌렸다. 더 이상 말을 섞는 것은 의미가 없었다.

'찰거머리야.'

매니저의 입장에서는 아마도 코웃음을 칠지도 모를 일이다. 유명한 세계 챔프가 되는 일이 연예인이 되는 것보다 어려울 거라 생각할 수도 있다.

그러나 강산에게는 어려운 일이 아니었다. 화이트 프로모션의 능력과 자신의 실력이 합쳐진다면 충분히 가능한 일이었다.

어쨌든 연예인은 여러모로 마음에 들지 않았다. 선후배를 깐깐하게 따지는 분위기도 그렇고 군대를 면제받을 길도 없었다.

'까짓 거 군대도 가봐?'

그냥 군대를 다녀오고 바로 프로로 뛰어들까도 싶었지만… 아무리 생각해도 아니었다. 군대에서는 얌전히 지낼 자신이 없었다.

그리고 2년의 시간. 그 시간이면 올림픽 금메달을 따고 국위 선양까지 할 수 있다. 군대 가서 삽질이나 하기에는 너무도 아까운 시간이었다.

*   *   *

끈질기게 달라붙던 기획사 사람은 결국 강산을 포기했는지 보이지 않았다. 그렇다고 해서 귀찮은 일이 사라진 것은 아니었다.

"넌 여기 왜 있냐."

강산의 눈앞에 나무늘보처럼 늘어져 있는 사람은 바로 리안 카터였다. 그는 느긋하게 의자에 앉아 주문을 받으러 온 강산을 향해 손만 까닥여 인사했다.

"손님이야."

스파링이 끝나고 미국으로 건너갔다고 들었다. 그게 벌써 한 달 전이다. 그랬던 녀석이 단지 식사하러 한국까지 왔다는 건 말이 되지 않았다.

"끈질긴 남자는 매력 없어."

"누가 뭐래?"

"이런다고 해서 다시 스파링을 할 일은 없을 거야."

"아아."

손을 휙휙 휘젓는 리안. 그것을 보자니 그저 웃음밖에 나오지 않았다.

"난 약속을 지키는 남자라고."

"약속?"

무언가 탐탁지 않은 발언이었다.

"문 챔프와 친분 있는 사람이 되기로 했잖아?"

물론 그랬었다. 스파링의 대가로 문춘수 관장과 친분이 있는 것처럼 행동해 주고 사인회까지 열어주기로.

"약속은 이미 지켜졌잖아."

"아니지. 이왕 하려면 확실히 해야지."

리안이 웃음을 보였다. 그 웃음이 그다지 달갑지가 않았다.

"그렇게 경계하지 말라고. 어쨌거나 오늘은 손님으로 온 거니까."

손님으로 왔다는데 어쩔 도리가 없었다.

"네, 손님. 그럼 무엇을 드시겠습니까?"

"지난번과 같은 걸로."

빙글거리며 웃는 낯을 보니 주먹이 근질거리는 강산이었다.

약속은 확실하게 지킨다. 그것이 의미하는 바를 알게 된 건 일주일이 지난 후였다.

─산아.

"그래."

─나 좀 살려주라.

뜬금없이 전화를 걸어 살려 달라 말하는 이는 바로 문대식이었다.

"무슨 말이야?"

─아버지가 날 또 팔아먹었어!

"팔아?"

─그래. 리안 카터. 그 자식이 여기 와 있다.

리안이 왔으면 왔지, 팔아먹었다는 건 무슨 소리인가? 그리고 리안이라면 문대식도 좋아하는 복서였다. 그런 사람을 자식이라고 폄하하는 것은 이해할 수 없는 일이다.

─나 매일 리안이랑 스파링하고 있다.

"응?"

―정확히 말하자면 스파링을 빙자한 구타야. 장난 아니라고!

그제야 팔아먹었다는 의미를 이해할 수 있었다. 과거 아마추어 챔피언전에 나가기 전, 문춘수는 강산에게 아들의 훈련을 맡겼었다. 그것도 스파르타식으로.

그때, 문대식이 비몽사몽간에 중얼거린 것이 '아버지가 날 팔았어'였다.

쓴웃음이 나왔다.

리안이 무슨 생각인지는 모르겠지만 그가 스파링 파트너를 해준다면 나쁜 일은 아니었다.

그 이면에는 분명 강산과 다시 한 번 붙어보고 싶은 마음도 있을 것이었다. 문대식을 괴롭히다 보면 친구인 강산이 가만히 있지 않을 거라 계산했을 지도 모른다.

그러나 굳이 이렇게까지 할 필요는 없었다. 어차피 이서경을 통해 강산이 추후 복싱을 다시 할 것이라는 뜻을 비쳤고 기다리면 링 위에서 정식으로 붙게 될 일이었다.

문춘수 또한 바보가 아니다. 만약 리안이 문대식을 훈련시키는 게 아닌, 보복적 의미의 스파링으로 상대했다면 그가 가만히 있었을 리가 없다.

즉, 지금 문대식이 하는 소리는 괜한 엄살이었다.

"죽으면 연락해라."

―뭐? 야, 강산! 강산아!

전화를 끊은 강산은 피식 웃음을 흘렸다.

그렇게나 기다리기 지루했던 건가?

어차피 1년에 소화해야 할 방어전은 그리 많지 않았다. 많아야 서너 차례 정도일 테니 남는 시간에 어떻게든 기회를 만들어보려 할 수도 있었다.

마냥 붙어보자고 떼를 쓸 수는 없었으니 아마 이런 식으로 빚을 지워두려는 것일지도 몰랐다.

'뭐, 내가 해달라고 한 건 아니니까.'

그렇다고 거기에 응해 줄 생각은 전혀 없는 강산이었다.

"가보자."

하윤이 눈을 빛내고 있었다.

"어딜?"

"어디긴. 체육관이지."

구내식당에서 식사를 하는 와중에 문대식의 이야기가 나왔다. 그래서 자연스레 리안의 이야기로 이어졌다. 그것을 들은 하윤이 관심을 보였다.

"왜?"

강산의 물음에 우물쭈물하는 모습을 보인다. 대체 왜 이러나 싶어서 서경을 보자 그녀 또한 애매한 미소를 지을 뿐이다.

두 사람이 함께 공부를 시작한 것도 꽤 되었다. 최근에는 무슨 논문을 준비한다고 들었었는데…….

'그게 아마 동서양의 무술과 역사였던가?'

그제야 조금 이해가 되었다. 대식이를 상대해 주고 있는 리안 카터는 세계를 돌며 각지의 무술가와 대결했던 전적까지 있었다.

자신이나 이서경이 알고 있는 무공은 까마득한 과거 중원의 무공이다. 그것과 도서관의 자료로는 모자라기에 리안의 도움이 필요한 건지도 모른다.

그게 뭐 어려운 일이라고.

할 일 없어서—강산이 보기에는 그랬다—한국까지 온 리안이다. 그 정도 도움을 주는 일은 어렵지 않을 것이다.

만약 이걸 빌미로 스파링을 요구한다면… 글쎄.

아무래도 하윤이의 일이니 한 번쯤은 고민해 볼 여지가 있었다. 그래봤자 결과는 같을 거다. 스파링에 오랜 시간을 할애할 생각은 전혀 없었기 때문이다.

"그래. 이번 주 목요일에 가자. 그날 하루 쉬면되니까."

신하윤의 표정이 환해졌다.

"정말? 고마워 강산아."

고마울 건 없었다.

문대식은 누가 뭐래도 그의 친구였다. 리안이 그를 어떻게 가르치는지도 확인할 겸 가긴 해야 했다.

"마저 먹자."

강산은 가벼운 마음으로 점심을 마저 먹기 시작했다.

*   *   *

목요일에는 오후 강의가 없었다. 강산은 점심을 먹고 체육관으로 향했다.

한지겸 또한 구경이나 해보고 싶다며 함께 왔다. 그는 체육관을 보더니 놀란 표정을 지었다.

"의왼데? 깔끔해."

복싱 체육관이라기에 칙칙하고 어두울 줄 알았다. 과거 헝그리 복서라 할 정도로 배고픈 시절도 있었기에 가지고 있는 선입관이었다.

하지만 요즘 체육관은 먹고 살기 위해서 다이어트 복싱까지 하고 있었다. 그러니 분위기가 칙칙할 수가 없었다. 여성들이 주 고객층이기에 깔끔하지 못하면 외면받기 때문이었다.

문을 열고 들어가자 때마침 스파링이 시작되려는 모양이

었다. 링 주위에 사람들이 모여 있었다.

"문대식 파이팅!"

"오늘은 3라운드까지 버텨봐!"

대부분의 응원이 문대식을 향했다. 그것이 필승을 응원하는 모습은 아니었지만 말이다.

네 사람이 링에 다가가자 프로 3년 차인 관원 하나가 아는 척을 해왔다.

"왔어?"

"네. 잘 지내셨어요?"

"잘 지냈지. 마침 잘 왔다. 막 리안 챔프와 대식이가 한판 붙을 참이었는데."

"어때요?"

관원이 쓴웃음을 지었다.

"확실히 실력은 느는 것 같은데……."

땡!

1라운드의 공이 울렸다.

픽!

시작과 동시에 리안의 스트레이트가 문대식의 안면에 적중했다. 대식은 곧장 상체를 흔들며 뒤로 물러섰다. 리안이 바짝 따라붙는다.

팡! 파파팡!

가드 위와 빈틈으로 쉴 새 없는 융단폭격이 작렬한다. 대식이 열심히 피해도 리안의 펀치는 빗나가는 법이 없었다.

"으아아!"

문대식이 리안의 펀치를 버텨내며 끈질기게 주먹을 뻗었다. 그러나 돌아오는 건 카운터 펀치였다. 한 방, 한 방에 대식의 몸이 바람에 흔들리는 가랑잎처럼 휘청거렸다.

그것을 보던 관원이 말했다.

"처음에는 공이 울리자마자 안면 스트레이트에 실신해 버렸어. 오늘은 많이 발전한 거야."

많이 발전한 것이 살아 있는 샌드백 모습이라니.

그나마 안심할 수 있는 이유는 리안이 펀치에 제대로 체중을 싣지 않는다는 점이었다.

땡!

공이 울리고 두 사람이 코너로 돌아갔다. 문대식의 다리가 벌써 부들거리고 있었다. 제대로 된 펀치가 아니어도 그 데미지가 쌓인 것이었다.

"기분 나쁘네."

곁에 있던 하윤의 표정이 좋지 않았다. 하긴, 문대식은 그녀에게도 친구다. 친구가 일방적으로 맞는 모습이 좋을 리가 없었다.

스파링이 재개되었다. 딱히 상황이 달라지진 않았다. 여전히 문대식이 일방적으로 맞고 있었다.

리안의 표정은 변함이 없었다. 나른하고 지루하다는 얼굴로 기계처럼 움직였다. 그러다가 문대식의 라이트훅을 피하며 위치를 바꾸는 와중에 강산을 보았다.

씨익, 리안의 입꼬리가 올라갔다.

"재수 없어."

그걸 하윤이 보았나보다. 한마디 던지더니 팔짱을 끼고 리안을 노려보았다.

스파링은 2라운드를 30초 남겨두고 끝났다. 다운된 문대식이 일어나다가 도로 쓰러지며 KO패를 당했다.

"왔냐……."

완전히 녹초가 되어 기듯이 내려오는 대식의 등을 문춘수가 손바닥으로 내려쳤다.

"힘내, 인마. 사내자식이 겨우 그 정도 가지고."

"두고 봐요. 조만간 저 새끼 면상에 제대로 한 방 먹여줄테니까."

이전에는 문대식도 리안에 대한 존경심을 가지고 있었다. 그러나 계속 스파링을 하면서 넘어야 할 벽으로 인식하게 되었다.

문춘수는 그것만으로도 좋았다. 목표를 가져야 발전할 수 있기 때문이다.

강산의 경우에는 조금 다르다. 아들에게 있어서 강산은 넘사벽이란 단어를 상기하게 만든다. 넘을 수 없는 사차원의 벽이라던가?

어렸을 때부터 상대했기에 일종의 트라우마처럼 박혔다, 문춘수는 그렇게 생각하고 있었다. 그런 강산의 그림자를 떨쳐내기 위해서는 아들에게도 어떠한 계기가 있어야 했다.

그 계기가 바로 리안이 될 수도 있을 거란 기대를 하는 문춘수다.

"오늘도 고마웠어요."

"You're welcome."

무시하거나 콧대를 세울 줄 알았던 리안이 겸손을 보이는 모습이 의외였다.

"대식아. 넌 가볍게 몸 풀고 쉬어."

"네. 산아, 나중에 보자."

문춘수는 아들을 보내고 강산의 앞에 섰다.

"어쩐 일이냐?"

"하윤이가 리안을 보고 싶다고 해서요."

"리안을?"

문춘수가 신하윤을 바라봤다.

"제가 이번에 동서양의 무술에 관한 논문을 준비 중이거든요. 리안은 그런 경험이 많다고 들어서 왔어요."

"그래? 그럼 책도 필요하겠네?"

"있으면 좋죠."

"내가 가지고 있는 책이 좀 있다. 아마 도서관이나 서점에서 구하긴 어려운 책일 거야. 있다가 챙겨주마."

"감사합니다."

"감사는 무슨. 말 나온 김에 한 번 찾아봐야겠다. 얘기들나누고 있어."

문춘수가 자리를 뜨자 리안이 다가왔다.

"온 김에 가볍게 어때?"

"오늘은 내 여자 친구가 용무가 있어서."

"여자 친구?"

리안은 여자 친구란 말에 하윤을 쳐다봤다.

'호오.'

차가운 기운을 풍기는―하윤의 기분이 좋지 않았다―미인이 보였다. 미국에서도 종종 동양인을 봤지만 눈앞의 여자는그 격이 달랐다.

"우리 구면이든가? 아, 영어는 할 줄 알아?"

"한 번 보기는 했죠."

"그랬나? 미안. 그때는 강산한테 신경이 쏠려서. 그나저나영어 잘하네?"

"복싱도 잘해요."

"복싱도?"

"그녀도 강산이 참가한 대회에서 여성부 우승을 했습니다."

곁에 다가온 샤를의 말에 리안의 눈이 이채를 발했다. 그러나 그것은 아주 잠깐이었다.

"무슨 용무인데?"

리안의 목소리에 귀찮음이 배어나왔다.

그가 유일하게 관심을 갖는 것은 강자이고 강자를 이기는 것이다. 문대식의 경우에는 생각보다 싹수가 보여서—강산의 트레이닝 덕분이다—나름대로 스파링하는 즐거움을 주었다.

미인?

세계 통합 챔프이자 수천억의 수익을 올리는 그의 주변에 얼마나 많은 여자가 있을까? 어떤 영화의 대사처럼 그에게 대시한 여자만 해도 사열종대 앉아 번호로 연병장 두 바퀴다.

'진짜 마음에 안 드네.'

하윤의 감은 생각보다 예민하다. 그녀는 리안의 태도에서 자신을 무시하는 느낌을 받았다.

대식이를 일방적으로 구타(?)한 것도 기분 나쁜 판국이다. 그런데 자신까지 무시하다니. 만약 옆에 강산이 없었다면 정강이부터 차고 봤을 거다.

"스파링은 대식이만 해주시는 건가요?"

"아니. 이번에 국가대표 선발전 준비하는 사람들 모두에게 해주고 있어."

"생각보다 관대하시네요."

"나름대로 내 훈련도 되니까."

"대식이는 어때요?"

"나쁘지 않아."

다리가 풀려도 물러서지 않고 달려든다. 스파링의 경우에는 몇방 맞으면 포기하는 녀석들이 많았는데 문대식은 전혀 달랐다. 다운이 되어도 눈빛이 죽지 않았다.

그걸 생각하니 피식 웃음이 나왔다. 그런데 그 웃음의 의미가 하윤에게는 다르게 보였다.

"제 친구예요."

"응?"

"아무리 당신이 세계 챔프라지만, 그렇게 비웃을 정도로 문대식이 형편없는 녀석은 아니거든요?"

오해를 한 것이지만, 리안은 딱히 설명해 줄 필요를 못 느꼈다.

"용건이나 말해."

생각보다 챔피언 체육관의 관원들 실력이 나쁘지 않았다. 적어도 심심하지 않을 정도는 되었다. 리안은 쓸데없이 수다를 떠는 것보다는 스파링을 한 번 더 하고 말겠다는 생각이었다.

"나랑 한판해요."

"뭐?"

신하윤이 매고 온 가방에서 밴드를 꺼냈다. 그러더니 능숙하게 손에 감는다. 가방 안에는 운동복도 있었다.

'이런.'

강산은 그것을 보고 깨달았다. 하윤은 논문 때문에 온 것이 아니라, 애당초 리안과 스파링을 하려고 온 것이다.

"당신, 산이가 싫다는데 자꾸 귀찮게 하는 것도 마음에 들지 않았어. 그렇다고 체육관에 와서 그 분풀이를 해?"

얼마 전에 있었던 강산과 리안의 스파링은 철저하게 비밀로 했었다. 그래서 하윤도 스파링을 한 사실을 모르고 있었다.

그녀는 단지 리안이 스파링을 하자고 강산을 귀찮게 하고 체육관까지 와서 시위를 하는 것으로만 알고 있었다.

이제 와서 말하자니 숨겼다고 뭐라고 할 거 같고, 가만히 있자니 제대로 사고를 칠 거 같다. 그렇다고 이대로 두긴 뭐해서 말리려는데 리안의 얼굴이 보였다.

재밌어하는 표정이다.

'이것 봐라?'

리안의 입장에서는 가소로울 수밖에 없을 거다. 챔프인 자신에게 덤비는 여자가 재밌기도 할 테고.

하지만 강산은 그러려니 하고 쉽게 넘길 수가 없었다.

'내 여자를 무시해?'

하윤은 이미 자신의 가족이었다. 가족이 다치는 것도 싫지만 무시당하는 것도 싫었다.

마음 같아서는 직접 링 위에 오르고 싶었다. 그러나 이미 하윤이 나선 상황에서 그러는 것도 모양새가 좋지 않았다. 그녀의 자존심 문제도 있고 말이다.

애당초 나서지 않았으면 모르되, 이미 나선 이상은 그녀에게 맡겨야 했다.

"뭐야? 하윤아, 참아."

"야, 산아. 좀 말려봐라, 응?"

관원들이 나서서 하윤을 말려보려 했다.

"비켜."

그러나 하윤이 눈을 치뜨며 한마디 던지자 다들 물러선다.

체육관에서 강산 다음으로 강한 사람을 꼽자면 그녀였다. 대부분 하윤이기에 봐줬을 뿐이라며 애써 위안을 하지만 그건 그냥 변명일 뿐이었다.

이쯤 되면 관장을 부르러 갈 법도 하다. 그러나 누구도 자리를 뜨지 않았다.

'누가 이길까?'

'글쎄. 그래도 세계 챔프잖아.'

'난 하윤이한테 건다. 여자라고 방심하다가 한 방에 훅 갈지도 몰라.'

'어? 그럼 나도 하윤이.'

물러난 관원들이 조용히 쑥덕거렸다. 그런 분위기를 아는지 모르는지, 리안이 빙글거리며 강산에게 말했다.

"난 여자라고 봐주지 않아. 네가 나서는 게 어때?"

다시 한 번 강산과 붙을 수 있는 기회였다. 설마 여자 친구가 자신과 스파링을 하게 둘 거라고 생각하긴 어려웠다.

"바로 해도 괜찮겠냐? 30분 쉬고 할까?"

"뭐?"

"여자라고 무시했다간 내일 신문에 실릴지도 몰라."

세계 챔프 리안 카터, 동양의 여자한테 KO당하다!

비약이 심할지도 모른다. 그러나 강산은 정말 그런 기사가 실릴지도 모른다고 생각하며 하윤에게 다가갔다.

"솔직히 말해봐. 작정하고 왔지?"

"…사실 요즘 좀."

하윤의 볼이 슬쩍 붉어졌다.

교수가 되기로 마음먹고 이서경과 공부를 시작한 하윤은 요즘 들어 스트레스를 많이 받았다. 그래서 한 번쯤 풀 방법을 찾고 있었는데, 마침 리안이 눈에 들어온 것이다.

"살살해. 무리하지 말고."

"응."

"들어가서 옷 갈아입고 나오고."

강산은 하윤의 머리를 쓰다듬어 주고 탈의실로 보내려 했다. 그런데 그 사이에 끼어드는 사람이 있었다.

"지금 뭐하는 거죠?"

리안의 일이기에 함부로 끼어들지 않고 있던 샤를이 나섰다. 그녀는 딱딱하게 굳은 얼굴로 하윤의 앞을 가로막았다.

"당신 따위가 마스터와 스파링을 하겠다고요?"

"누구?"

"리안 챔프의 프로모터예요."

"그래서요?"

"이건 우리 챔프의 커리어에 심각한 영향을 끼칠 수 있는 사안입니다. 용납할 수 없어요."

그녀의 말에 인상을 찌푸리던 하윤이 리안을 돌아보았다.

"꼬리를 말 생각인가요?"

리안이 어깨를 으쓱였다.

"그럴 생각은 없는데. 아, 이렇게 하면 어때? 샤를과 스파링을 하는 거지."

"이 여자랑?"

"무시하지 말라고. 그녀도 프로 라이선스를 가지고 있거든."

"마스터!"

"뭐 어때. 사실 네 말대로 내가 여자랑 스파링을 하긴 좀 그렇잖아? 이 친구면 몰라도."

아쉬운 얼굴로 강산을 가리킨다.

이렇게 되면 일종의 대리전이나 마찬가지였다. 강산을 대신해서 신하윤, 리안을 대신해서 샤를이 스파링을 붙는 셈이었다.

"흥, 좋아요. 제가 상대해 주죠. 기다려요."

샤를은 대답도 듣지 않고 밖으로 향했다. 차에서 자신의 운동복과 운동화를 가지고 오기 위해서였다.

신하윤이 그 모습을 가만히 바라보다가 어금니를 꽉 깨물었다.

"안 봐줘."

하윤의 눈에 불꽃이 튀었다.

책을 찾으러 갔다가 돌아온 문춘수는 벌어진 상황에 한숨을 내쉬었다.

"산아. 말려야 하는 거 아니냐?"

"누굴요?"

"그야 당연히 하윤이지. 쟤 봐라. 눈에 아주 독기가 잔뜩 올랐다."

"그건 샤를도 마찬가진데요."

만화였다면 두 사람 사이에 번개가 번쩍일 것 같았다.

"저 여자가 복싱을 했다고 해도 하윤이에 비할 바가 아니지."

"쟤 화나면 저도 못 말려요."

"이거 참."

결국 포기한 문춘수는 레퍼리를 보기 위해 링 위로 올랐다. 최대한 천천히 주의사항을 알려준 그가 마지막으로 한 번 더 말했다.

"꼭 이래야겠니?"

하윤은 춘수의 말을 무시했다. 지금 그녀의 눈에는 오로지 샤를만 들어와 있었다.

'에라, 모르겠다.'

더는 말릴 수 없겠다 싶은 문춘수가 스파링의 시작을 알렸다.

"복스!"

땡!

공이 울리고 하윤의 몸이 쏜살같이 튀어 나갔다.

퍼억!

샤를이 무언가 하기도 전에 그녀의 복부에 하윤의 어퍼컷이 깔끔하게 들어갔다.

"커헉!"

마우스피스가 빠지며 샤를의 몸이 앞으로 꼬꾸라졌다.

"어, 어……."

춘수는 설마 시작하자마자 이런 일이 벌어지리라곤 예상조차 하지 못했다. 당황하던 그가 다급히 정신을 수습하고 샤를을 살폈다. 숨이 막히는지 연신 컥컥거린다.

문춘수가 샤를의 숨통을 트여주고 있을 때, 하윤이 리안의 앞으로 다가가 글러브를 까딱거렸다.

"너, 올라 와."

리안의 놀란 눈동자 안에 하윤의 모습이 가득 들어차 있었다.

하룻강아지 범 무서운 줄 모른다는 말이 한국 속담이었던가?

리안은 링 위에서 당당하게 말하는 하윤을 보며 고개를 저었다. 방금 전의 움직임은 확실히 대단했다. 그러나 어디까지나 샤를이니까 통한 거였다.

"나와 샤를을 동급으로 생각하지는 않았으면 하는데."

"닥치고 올라와."

팡, 글러브를 마주친 하윤이 코너로 돌아갔다. 기둥에 몸을 기댄 그녀가 리안에게서 시선을 떼지 않았다.

"이거 참."

샤를의 말과는 달리 스파링을 해도 별 상관은 없었다. 어차피 이곳 선수들을 상대해 주고 있었기에 여성 복서를 상대하는 것도 크게 흠이 되지는 않았다.

"산, 나중에 자랑해라. 여자 친구가 리안한테 복싱 좀 배웠다고."

한쪽 눈을 찡긋거린 그가 링 위로 훌쩍 올라갔다.

'조금은 무리이려나.'

강산은 리안과 하윤을 바라보았다.

확실히 그녀가 상대하기에는 리안이 만만치 않았다. 방금 전에 샤를을 눕혔던 움직임을 별거 아니라고 생각해도 경각심은 생겼을 거다. 이제는 기습도 안 되는 상황이다.

그렇다고 해서 하윤이 불리할 거라고는 생각하지 않았다.

문춘수는 다시 링 위에 섰다.

"하윤아."

그는 하윤을 말리려다가 입을 꾹 닫았다. 그녀의 눈빛이 어떠한 설득도 통하지 않을 거라 말했기 때문이다.

'어쩐지. 요즘 일이 너무 잘 풀린다 싶더라니.'

리안 덕분에 체육관이 다시 붐비기 시작했다. 소문은 빨라서 벌써 많은 이가 입관 문의를 해온 상태다. 게다가 리안이 스파링까지 해준다는 소문이 돌고 있으니, 안 봐도 몇 개월 안에 관원수가 사상 최고치를 기록할 지도 몰랐다.

하지만 오늘의 스파링으로 리안이 미국으로 돌아간다면 골치가 아프다.

복서는 자존심이 강하다. 특히 리안 같은 챔프의 자존심은 꺾일 지라도 휘지는 않는다.

현재는 그저 해프닝 정도로 여기는 모양이지만, 막상 스파링이 시작되고 하윤이의 실력을 맛보고 나면 그의 생각이 어떻게 변할지 모른다.

'설마. 그래도 세계 챔픈데 진지하게 하려고?'

여자는 기본적으로 근력과 맷집에서 남자와 차이가 난다. 리안은 그것을 감안하고 있을 것이다.

그러나 하윤은 평범한 여자와는 다르다. 펀치력도 뛰어났고 맷집은 둘째 쳐도 스피드가 뛰어나 잘 피한다. 그렇다고 해도 여자는 여자다. 세계 챔프가 그 정도에 방어전을 치르는 것처럼 살벌하게 할까?

힐끔, 하윤을 쳐다봤다. 눈에 독기가 장난 아니다.

'얜 왜 이래?'

마음가짐이 장난이 아니다. 이대로 붙으면 전력을 다할 텐데 과연 하윤이 그렇게 나오면 리안이 설렁설렁할지 의문이

들기 시작했다.

이번에는 리안을 보았다.

'끄응, 이 자식은 링 위에만 올라오면 속을 알 수가 없어.'

옅은 미소를 짓고 있지만 그게 기분이 좋은 건지 나쁜 건지 당최 알 수가 없는 얼굴이다. 이건 다른 의미로 포커페이스였다.

"안 해요?"

걱정 되는 마음에 고민에 고민을 거듭하고 있는데, 그것도 몰라주고 하윤이 재촉한다.

하긴, 말린다고 들을 애도 아니고.

문춘수가 머리를 격하게 긁더니 자세를 잡았다.

"주의사항은 잘 알 테니 통과. 되도록 감정적으로 하지 말고, 복스!"

시작을 알리고 바로 뒤로 빠졌다. 그러자 곧장 눈앞으로 뭔가가 휙 지나간다.

팡!

역시 이번에도 시작하자마자 하윤이 선공을 날렸다. 깔끔한 라이트 스트레이트가 리안의 가드 위로 작렬했다. 그리고 이어지는 잽과 훅의 콤비네이션.

리안은 가드를 단단하게 하고 좌우로 움직이며 몸을 빼기 시작했다.

'좋아.'

펀치에 실린 힘이 확실히 남자와 엇비슷하게 느껴졌다. 움직임도 경쾌하고 빠르다.

'하지만.'

리안은 하드펀처이면서 테크니션이다. 그는 날아오는 펀치를 죄다 막고 쳐내며 빈틈을 노렸다.

처음부터 끝까지 끊이지 않는 물줄기처럼 쉬지 않고 콤비네이션을 쏟아 부을 순 없다. 더구나 그녀처럼 격렬하게 움직이는 동작은 체력의 소모가 많은 법이다.

단 한순간 호흡이 끊기는 그때를 노렸고, 그때를 직접 만들었다.

부웅!

지금까지 막아내기만 하던 리안의 상체가 뒤로 젖혀졌다. 그 순간 눈앞을 스치고 지나가는 하윤의 라이트훅.

'가볍게 한 방…….'

픽!

리안의 상체가 강력한 스프링에 팅기듯이 앞으로 돌아오며 레프트잽이 하윤의 안면에 적중했다.

'어라?'

정타로 치지는 않았다. 그래도 물러나게 할 생각으로 밀어쳤는데 별반 밀리지 않는다.

곧장 하윤의 레프트 스트레이트가 날아들었다. 이번에는 스웨이로 상체를 살짝 내리며 크로스카운터를 날렸다.

'뭐, 이런.'

주먹이 얼굴로 날아오면 피하려 하는 것이 본능이다. 복서라면야 주먹을 무서워하지 않아야 정상이지만, 리안은 하윤이 여자인 만큼 얼굴을 향한 펀치는 피하려 할 거라 생각했다.

그런데 하윤은 피하지 않았다. 오히려 펀치가 날아오면 더 달려들었다.

퍽!

분명 맞았다. 그런데 하윤이 앞으로 머리를 더 내미는 바람에 힘이 제대로 실리지 않는다. 역시나 밀리지 않고 앞으로 나오며 라이트 어퍼컷을 휘두른다.

리안은 속으로 혀를 내두르며 뒤로 빠르게 물러났다.

출렁, 로프의 반동을 이용해 빠르게 사선으로 빠져나가며 그녀와 거리를 벌렸다.

"헤이, 잠깐, 잠깐!"

정식 경기라면 말도 안 되는 행동이다. 그러나 이건 어디까지나 스파링 더구나 상대는 남자도 아니고 여자다.

리안은 잠시 상황을 정리하고자 한 거였지만, 오히려 그게 하윤에게는 몰아칠 여지를 주었다.

원투잽에 이은 스트레이트와 훅이 정신없이 날아온다. 리안은 빠르게 쳐내고 피하며 연신 거리를 벌리기 위해 움직였다.

그러면서 그의 시선이 강산을 찾았다.

재미있다는 듯이 바라보고 있는 강산과 눈이 마주쳤다.

'너?'

리안의 눈매가 좁아졌다.

여자라고 안 봐준다고 했지만, 진짜로 그럴 생각은 없었다. 더구나 강산의 여자 친구라기에 적당히 해주려 했었다. 어차피 여자가 잘해봐야 거기서 거기라고 생각했었고 말이다.

그런데 장난이 아니었다. 이건 숫제 타이틀 방어전을 치르는 기분이었다.

여자라고 무시했다가는 신문에 실릴지도 모른다던 말, 농담이 아니었다. 이대로 설렁설렁 하다가는 제대로 한 방 맞을지도 모른다.

아무래도 안 되겠어서 강산의 표정을 살핀 것이었는데.

'이것들이.'

아무리 생각해 봐도 강산이나 하윤은 자신이 제대로 하지 않을 거라 믿은 것이 분명했다. 그렇지 않으면 이렇게 저돌적으로 달려들며 공격 일변도로 나오지는 못할 테니까.

물론 제대로 할 생각이 없었던 건 맞다. 그러나 이 정도의 기량을 가진 복서를—이제는 그녀를 한 명의 복서로 보기 시작했다—상대로 계속 그럴 수는 없었다.

리안의 눈이 차갑게 가라앉았다. 그리고 그 눈으로 강산을 바라보며 비웃어주었다.

그 여유, 부숴준다고 했지? 네 여자 친구가 다친다면 그건 모두 네 탓이다.

눈빛이 변하고 스텝이 변했다. 전신의 근육이 수축하며 폭발적인 움직임을 준비했다. 그리고 그의 한 걸음이 찰나의 순간 내디뎌졌다.

파팡!

리안의 펀치가 하윤의 양손을 허공으로 쳐냈다. 그녀의 가슴과 안면이 활짝 열리며 상체가 무방비하게 드러났다.

상체가 뒤틀리며 리안의 팔꿈치가 몸에 바짝 붙는다. 허리가 한껏 돌아갔다가 되돌아오며 발이 강하게 바닥을 찍어 눌렀다.

라이트닝 졸트 누구도 흉내 낼 수 없는 리안만의 강력한 펀치가 하윤의 안면을 향해 쇄도했다.

졸트(Jolt)는 맞으면 무조건 KO를 당하게 된다는 가장 강력한 펀치 중에 하나다.

하지만 그만큼 사전 동작이 크고 딜레이가 있기에 경기에서는 거의 볼 수 없는 기술이기도 했다.

리안은 달랐다.

준비에서 타격까지 그야말로 눈 깜짝할 사이에 이루어진다. 평범한 복서의 잽만큼이나 빠른 속도로 날리기에 그의 졸트는 달리 라이트닝이란 수식어가 붙게 된 것이다.

팡!

라이트닝 졸트가 하윤의 얼굴 바로 코앞에서 멈추었다. 얼마나 강했는지 헤드기어 사이로 흘러나온 머리카락이 풍압에 흩날렸다.

땡!

그리고 거의 동시에 1라운드 종료를 알리는 종소리가 울렸다. 리안이 하윤의 귓가에 얼굴을 가까이하며 나직하게 속삭였다.

"까불지 말라고."

날뛰는 것도 정도껏이다. 진지하게 상대할 수 없는 자신의 입장을 이용하려 든다면 마냥 귀엽게 봐줄 수도 없다. 라이트닝 졸트는 그런 그녀에 대한 일종의 경고였다.

"스톱!"

문춘수 또한 놀란 기색이 역력했다. 두 사람을 떼어놓으며 코너로 돌려보낸 문춘수는 하윤에게 다가갔다.

"하윤아. 괜찮냐? 안 놀랐어?"

리안을 유명하게 만든 것 중의 하나인 라이트닝 졸트를 문춘수가 모를 리가 없었다. 그런 것을 한낱 스파링에, 그것도 여자에게 쓸 줄은 몰랐다.

하윤은 이를 꽉 물었다.

확실히 방금 전의 펀치는 위험했다. 코앞에 펀치가 다다르고 나서야 글러브를 볼 수 있었다. 유명한 세계 챔프의 모습다웠다.

그러나 감탄보다는 열이 받았다.

'감히 날 가지고 놀아?'

차라리 맞았으면 이렇게 화가 나지는 않았을 거다.

녀석은 교묘하게 공이 울리기 직전에 펀치를 날렸다. 애당초 맞출 생각이 없었단 거다.

진지하게 스파링에 임하고 있는 자신을 상대로 이러는 건 예의가 아니었다. 모든 기량을 이끌어내고 있는 자신에게 장난치듯이, 가지고 놀듯이 대하는 리안을 도무지 용서할 수가 없었다.

"기어서 내려가게 할 거예요."

하윤의 눈빛에 문춘수의 간담이 서늘해졌다. 이 정도로 화가 난 모습은 본 적이 없었다.

"저기 하윤아. 마음을 가라앉히고……."

벌떡 몸을 일으킨 하윤이 링의 가운데로 걸어가며 중얼거렸다.

"링이라서 다행인 줄 알아."

링이 아니었으면 어쩌려고?

문춘수는 자신의 머리를 거칠게 헝클이며 주심의 자리에
섰다.

모르겠다. 실력만 보아서는 리안이 압도적이다. 하윤이 아무
리 용을 써도 두 사람 사이의 벽을 허물 수는 없을 것 같았다.

하지만 춘수가 모르는 그녀만의 스킬이 있었다.

마안(魔眼).

강산이 맞지 말라며 가르쳐 준 마기를 다루는 기술.

땡ㅡ!

"복스!"

공이 울리고 춘수의 시작을 알리는 손짓이 지나가는 순간
하윤의 두 눈이 붉게 빛났다.

이렇게까지 할 생각은 없었다. 그를 이기지는 못할망정 순
수한 실력만으로 승부하려 했다. 그가 자신을 진지하게만 상
대해 주었다면 말이다.

눈이 마주친 리안이 놀란 얼굴을 한다. 그것을 보며 과감하
게 라이트훅을 날렸다. 마안으로 인해 타이밍을 빼앗겼으니
맞을 수밖에 없는 상황이다.

하지만⋯⋯.

홍—

하윤의 훅이 빗나갔다. 정확히 말하자면 살짝 코끝을 스치
는 정도였다.

'어떻게?'

놀란 것은 오히려 하윤이었다.

마안과 마주한 상대는 극도의 두려움에 몸이 경직된다. 뱀
과 마주한 개구리처럼 고양이 앞의 쥐처럼 포식자의 눈빛에
압도당하고 마는 것이다.

그러나 리안은 움직였다.

약간의 딜레이는 있었지만 뻣뻣하게 굳어 움직이지 못한
것은 아니었다.

하윤은 마우스피스가 으깨져라 이를 악물었다.

'웃어?'

리안의 입이 웃고 있다. 전혀 두렵지 않다는 듯이, 오히려
즐겁고 재미있다는 미소였다.

팟, 팟, 팟.

아슬아슬하게 스쳐 지나가는 글러브. 눈동자에 마기를 더
욱 몰아넣으며 공격해도 스치기만 할 뿐, 한 번도 제대로 맞
추지를 못했다.

'재밌어. 마치 야생의 맹수를 보는 기분이야.'

리안이 강자와의 대결에 집착하는 이유는 도벽을 가진 사람들과 비슷한 이유였다. 남의 것을 몰래 훔치면서 오는 스릴과 짜릿한 긴장감, 그것을 리안은 싸움에서 느끼고 있었다.

링 위에서 그것을 느끼지 못하게 되었을 때, 그는 세계 각국의 무술 관련 대회를 찾아다녔다.

대회에서도 더 이상 얻지 못하게 되자 다른 방법을 찾았다. 위험한 갱을 상대하고 그것도 모자라 야생의 맹수까지 잡아 대결했다.

하지만 사자나 호랑이, 곰 같은 맹수와의 싸움은 자주 할 수가 없었다. 더구나 가문에서 그 일에 대해 알고는 철저하게 막기 시작해 포기해야만 했다.

그것이 매우 아쉬웠다. 맹수와의 싸움만큼 긴장되고 스릴 넘치는 대결은 없었기 때문이었다.

차선책으로 갱들을 상대하면서 마음을 달래고 있었다. 그들도 대개 살인을 저지른 위험한 자들이었다. 맹수와는 비할 바가 아니었지만 조금이나마 허전함을 채워줄 수 있었다.

그런데 오늘, 길들여지지 않은 맹수의 느낌을 주는 상대를 만났다. 그것도 남자가 아닌 여자에게서.

"큭."

웃음이 흘러나온다.

강산에게서 느끼고 싶었던 감각이 그의 여자 친구를 통해서 찾아왔다. 여자 친구가 이 정도인데 그는 어떨까? 너무 비약이 심한 걸까? 그는 오히려 아무것도 아닐 수 있을까?

'아니야. 그럴 리가 없어.'

그와의 스파링에서 단 한 방에 다운을 당했다. 방심했다고 변명해도 다운당했다는 사실은 변하지 않는다.

'강산.'

리안의 움직임이 점차 빨라졌다. 하윤의 펀치가 이제는 스치지도 못했다. 나른하던 눈빛이 사냥을 시작한 짐승의 눈빛으로 변했다.

'넌 어때? 나와 싸우고 싶지 않아?'

퍼벅!

리안의 원투잽이 하윤의 안면에 꽂혔다. 그러나 1라운드 때와는 달랐다. 빠르고 정확한 타격에 힘까지 실렸다. 그 잽에 하윤이 처음으로 뒤로 물러섰다.

그러나 그녀의 눈빛은 변하지 않았다. 오히려 더욱 기세 좋게 타오르며 리안을 노려보았다.

'이 여자도 좋지만.'

픽, 리안의 훅이 옆구리를 쳤다. 자세가 무너지는 와중에도 하윤은 리안의 얼굴을 향해 마주 훅을 날렸다. 그것을 반대편 주먹으로 쳐낸 리안이 카운터 어퍼컷을 그녀의 턱에 작렬시켰다.

'난 너와의 대결을 원한다!'

그녀는 맹수와 마주한 느낌을 준다. 그러나 맹수만큼 위험하지는 않았다. 그저 느낌만 그럴 뿐 실제로는 실력의 차이 때문에 크게 긴장되지도 않았다.

"하윤아!"

"저 새끼가!"

쓰러진 하윤으로 인해 관원들이 흥분하며 소리쳤다. 저렇게 무식한 카운터를 여자에게, 그것도 하윤에게 먹이다니.

"저걸 그냥!"

지켜보던 문대식마저 잔뜩 흥분해 링 위로 올라가려 했다. 그런 대식의 팔을 붙잡는 사람이 있었다. 강산이었다.

"뭐야! 넌 하윤이가 저렇게 됐는데도."

화를 내며 강산을 쳐다보던 대식의 입이 꾹 다물어졌다. 저도 모르게 침이 꿀꺽 삼켜졌다.

'사, 살벌하다.'

대식은 강산이 화내는 모습을 본 기억이 없었다. 항상 여유가 있었고 품위가 있었다. 어떠한 상황에서도 아무렇지 않은 얼굴로 차분하게 해결하는 녀석이었다.

그런데 지금은 강산이 화났다는 것이 느껴졌다. 가까이만 다가가도 숨 막힐 거 같은 차가운 냉기가 강산에게서 쏟아지고 있었다.

"끝나지 않았어."

아무도 모르고 있지만 강산의 손가락 끝에는 막대한 양의 내공이 몰려 있었다. 하윤의 위기에 지공을 날려 구해줄 생각이었던 것이다.

만약 하윤이 뒤로 몸을 띄워 충격을 상쇄하는 모습을 보지 못했다면 리안의 머리는 구멍이 뚫리다 못해 터져 나갔을지도 몰랐다. 그만큼 과할 정도의 기운을 모아 버리고 말았다.

강산은 기운을 흩어내며 마음을 다스렸다.

'참자, 참아.'

위험한 상황은 아니었다. 그러나 하윤이 제대로 얻어맞을 위기에 처하자 아무것도 생각나지 않았다. 그저 그녀를 구해야겠다는 생각뿐이었다.

쓰러졌던 하윤이 무사히 일어나는 모습을 보자 그제야 마음이 조금 가라앉았다.

"헤이, 강산."

링 위에서 리안이 말을 걸어 왔다. 웃는 그의 얼굴을 보자 강산의 내공이 다시 한 번 손가락 끝으로 모이려 했다.

"신하윤이랬나? 제법이야."

너도 제법이다. 나로 하여금 무공을 쓰게 만들다니.

"하지만 그뿐이야. 내 상대는 아니지. 방금 전에는 적절하게 피했지만 글쎄. 다음에도 가능할까?"

하윤이 마지막 순간에 몸을 뒤로 띄운 것은 훌륭했다. 그러나 리안이 마음먹고 몰아치면 그녀도 별수 없을 것이다.

물론 리안의 마음이야 계속하고 싶었다. 오랜만에 그의 죽은 감각을 일깨워 주는 상대를 만났으니 당연한 일이었다.

"나 진지하게 상대할 거야. 그러면 그녀가 다칠 수도 있어. 그러니까 네가 올라오는 게 어때? 방금 전의 어퍼컷, 피했다고 해도 충격이 상당할 거야. 여자 친구의 복수는 해줘야지?"

그러나 그가 진짜 붙고 싶은 것은 강산이었다. 이번에는 절대 방심하지 않을 생각이었다. 오히려 자신보다 더욱 강한 상대로 인정하고 전력을 다할 것이었다.

강산은 무표정한 얼굴로 리안을 보았다.

협박인가?

자신을 상대로 협박하는 꼴을 보자니 우습기만 했다. 녀석은 방금 전에 세상을 하직할 뻔했다는 사실은 꿈에도 모를 거다.

고개를 돌려 하윤을 보았다. 그녀의 의지는 꺾이지 않았다. 얼굴에는 아직도 투지가 흘러넘치고 있었다.

하지만 리안의 말이 맞았다. 그녀의 실력은 아직 리안에게 통할 정도는 아니었다. 이대로 계속 스파링이 진행된다면 리안은 강산을 도발하기 위해서라도 거칠게 대할 것이었다.

만약 그렇다면.

'참지 못하겠지.'

하윤이 얻어맞는 모습을 그냥 두고 보지 못할 것이다.

스파링? 필요 없다. 리안을 죽이지는 않아도 병신을 만들어 버릴지도 모른다.

그나마 한 번 살아봤기에 다행이다. 다짜고짜 목부터 날리지는 않았고 행동하기 전에 고민은 하니까.

어쨌거나 스파링은 멈춰야 했다. 이대로는 곤란했다. 그리고 자신을 상대로 협박 따위나 하는 건방진 녀석에게 대가를 치르게 해야 했다.

강산은 링 위로 올라갔다. 리안이 그것을 보며 눈빛을 반짝였고 하윤은 실망한 기색이 되었다.

"산. 아직 끝나지 않았어."

하윤이라면 호락호락 당하진 않을 거다. 이기지는 못해도 한 방 정도는 제대로 먹일 수 있을 거다.

"실력 차이가 커."

"하지만."

"그만. 여기까지."

강산은 단호하게 말하고 그녀의 귓가에 입술을 가까이 했다.

"다음에 제대로 갚을 기회를 줄게. 이자까지 톡톡히 쳐서. 하지만 오늘은 아니야. 알았지?"

"네가 그렇다면 그런 거겠지만."

아쉬웠다. 이대로 물러서기에는 자존심도 상했다.

"하윤아."

강산은 하윤을 가만히 품에 안았다.

"난 네가 다치는 꼴 절대 못 봐."

하윤의 귓불이 붉어졌다.

"내 맘, 알지?"

그녀가 작게 고개를 끄덕이는 걸 느끼고서야 강산은 몸을 돌렸다. 리안이 잔뜩 들뜬 얼굴로 기다리고 있는 게 보였다.

"리안. 하윤이와의 스파링은 여기까지야."

"좋아. 어서 글러브 껴라."

"뭐?"

"하윤이 대신 네가 해야지."

강산이 피식 웃었다.

"내가 왜?"

"왜라니? 여자 친구의 복수를 하려고 올라온 거 아냐?"

"아, 해야지."

할 거다. 그 복수란 거. 하지만 네가 원하는 대로는 아냐.

"자취 끝나고 올림픽에서 금메달 따고 프로로 데뷔한 후에."

"무슨?"

리안이 원하는 건 자신과의 스파링이다. 그걸 알기에 강산은 링 위에서 혼내주는 대신, 차선책을 택했다.

"한 5년 정도 걸리려나? 그때 가서 생각나면 해줄게. 그러니 기다리시든가. 하윤아, 내려가자."

좋게 말해서 승부사지, 달리 보자면 리안은 싸움에 미친놈이다. 그런 놈들에게 고문과도 같은 일이 무얼까? 바로 상대를 안 해주는 것이다.

강산은 리안을 놔두고 하윤이의 손을 이끌어 링 아래로 내려왔다.

"강산, 그게 무슨 말이야? 5년? 나더러 5년을 기다리라고? 야, 어디가? 당장 올라와! 강산! 겁먹었냐! 이봐!"

링 위에서 소리치는 리안의 모습에 지겸이 혀를 찼다.

"자식이, 한주먹거리도 안 되는 주제에 까부네. 산아. 저 자식 그냥 때려눕히면 안 되냐?"

"왜?"

"왜긴? 저걸 그냥 둬?"

강산이 손을 저었다.

"놔둬. 돈도 안 되는데."

그리고 한 가지 더, 대가 없는 스파링은 사양이었다.

* * *

모태솔로라는 말이 있다. 어렸을 때부터 연애 한 번 해보지 못한 사람을 뜻한다.

이여령은 따지자면 모태솔로다. 그러나 흔히 말하는 모태솔로의 부정적 의미와는 달랐다.

그녀는 아름다웠다. 영국 옥스퍼드 대학을 졸업하고 대기업에 입사해 젊은 나이에 해외영업부 부장까지 오른 인재였다. 당연히 접근하는 남자도 많았고 나이가 들자 중매를 서겠다는 사람이 줄을 섰다.

하지만 그녀는 아무하고도 교제하지 않았다. 주변 사람들은 그녀가 일중독에 동성애자 아니냐고 수군거릴 정도였다.

사람들이 뭐라 하건 그녀는 개의치 않고 살았다.

세월이 흘러 나이 40이 넘었을 때부터 이여령은 홀로 여행을 다녔다. 그녀가 왜 혼자 살고 뒤늦게 여행을 시작했는지는 가족도 모르는 일이었다.

그리고 십여 년이 흘렀을 때쯤, 여행 중에 쓰러진 그녀는 병원에서 백혈병이란 진단을 받았다.

청천벽력이었다.

지금까지 꿋꿋하게 혼자 살아온 이유가 무엇이었는데… 이렇게 죽어서는 안 되는 일이었다. 이렇게 얼굴도 못 보고 갈 순 없는 일이었다.

그러나 하늘의 뜻은 잔인했다. 3개월. 그녀는 시한부 선고를 받게 되었다.

위극소. 그를 찾고 싶었는데.

전생의 기억을 가지고 태어나며 그의 진법이 성공했음을 알 수 있었다. 그와 엇갈릴까 참고 참다 직접 찾아 나선 세월이 10년이었다.

너무 늦은 걸까? 조금만 더 일찍 그를 찾아봤어야 했나?

남은 시간 동안 그를 찾을 자신이 없었다. 이제는 자신의 운명이려니 여기고 체념하고 있었다. 그런데 모든 것을 받아들이고 살 의지마저 꺾일 무렵, 뒤늦게 그가 나타났다. 오십 평생을 기다렸던 바로 그가.

"여기서 나가자."

천종설, 전생에 위극소라 불렸던 남편이 주름진 손으로 얼굴을 보듬어줬다.

얼마 만에 느껴보는 그의 온기인지. 몇 개월 남지 않은 시한부 인생이라 해도 이 순간만큼은 세상을 다 가진 기분이었다.

이여령은 힘겹게 입을 열었다.

"나갈 수 없어요."

"부인."

"병원에서 치료를 받아야 일주일… 아니, 하루라도 당신 곁에 머물 날을 늘릴 수 있어요. 그러니 그냥 곁에만 있어줘요. 이미 난 늦었어요."

천종설의 눈가에 습기가 차올랐다.

이여령, 이 바보 같은 여자야.

부인을 살리기 위해 집을 나설 때에도 곁에만 있어달라던 그녀였다. 조금이라도 함께하고 싶다며 매달리는 그녀를 두고 천하를 이 잡듯 뒤졌다.

그가 만신창이가 된 몸으로 돌아왔을 때, 그녀는 모처럼 환만 미소를 지으며 그를 맞이했다.

"보고 갈 수 있어서 다행이에요."

마지막 생명의 불꽃을 사르며 곱게 차려입은 그녀의 모습은 눈부실 지경이었다. 그것이 회광반조임을 안 그는 차마 그녀를 안을 수도, 보듬지도 못했었다.

이대로는 도무지 보낼 수 없었다. 짧은 시간 구천귀혼대회진에 대해 설명해 주며 거듭 당부했다.

"꼭 찾아갈 터이니 건강하게 기다려 주시게. 내 꼭 찾아갈 터이니… 기다리시게, 꼭!"

전생에는 손을 놓아야 했으나 이번에는 다르다. 자신에게는 그녀를 위해 준비해 둔 방법이 있었다.

"아니야, 살 수 있어. 당신을 살릴 방도가 내게는 있어. 그러니 갑시다. 당신을 위해 준비한 우리집으로."

천종설이 이여령을 조심스럽게 안아들어 휠체어에 앉혔다.

"다시 한 번 생각해 보십시오. 이여령 환자분은 지속적인 치료가 필요합니다."

담당의사가 쫓아와 말렸다. 이대로 치료를 중단하고 나가게 되면 한 달도 버티기 힘들었다.

"이여령 씨. 이렇게 나가시면 더욱 힘들어질 뿐입니다. 저희가 최선을 다해 돌봐드리겠습니다. 그러니 다시 한 번 생각을……."

"아니요."

이여령의 목소리는 단호했다.

남편이 고칠 수 있다고 하면 있는 것이다. 남편이 못 고친다면 누구도 고칠 수 없다.

그녀는 애당초 남편을 믿었지, 명의라 소문난 어떠한 의사도 믿은 적이 없었다.

"전 남편을 믿어요."

그녀가 환하게 웃으며 천종설을 올려다보았다.

5장
새로운 이웃

대부분의 자녀는 독립하게 되면 집에 들어오기 싫게 마련이다. 성인이 되면서 독립적 성향이 강해지고 부모로부터의 간섭 없는 삶이 편하기 때문이다.

　그러나 강산은 1년간의 자취집 계약이 끝나자마자 칼 같이 집으로 돌아왔다.

　부모님, 특히 강산의 어머니는 쌍수를 들어 환영했다.

　막상 아들을 떨어트려 놓고 보니 걱정이 되었었다. 밥은 잘 먹고 있는지, 어디 아프지나 않을지. 이미 다 컸지만 부모에게는 언제까지나 아이처럼 느껴지는 게 자식이었다.

"요리 때문이 아니고?"

강창석이 한마디 하고는 이선화에게서 떨어졌다. 허벅지가 있던 자리에 이선화의 검지와 엄지가 맞붙어 있었다.

"커흠."

"당신, 이따가 봐요."

강산이 집으로 돌아온 것을 기념하기 위해 외식을 하러 나온 참이었다. 집이었다면 벌써 쫓아가 응징을 했겠지만 사람이 많은 곳이라 참았다.

"엄마. 솔직히 말씀하세요. 저도 산이가 틈날 때마다 집에 와서 해주는 요리가 좋았는데요 뭘."

강현이 수긍하자 도끼눈을 뜨고 있던 이선화의 눈꼬리가 아래로 내려갔다.

"그래. 에휴, 이제는 나보다 요리를 잘하는 거 같으니."

강산은 쉬는 날이나 시간이 남으면 자주 집에 들러 직접 요리를 했다. 자신이 한 요리를 먹으며 행복한 표정을 짓는 가족의 모습이 좋아 더욱 열심히 배우기도 했다.

"요리야 최고의 셰프한테 배워서 그런 거죠. 반찬은 엄마가 최고예요. 엄마 손맛은 누구도 흉내 낼 수 없잖아요."

"그렇지?"

활짝 웃는 어머니의 모습에 강산은 생애 처음으로 부모님께 거짓말을 하길 잘했다고 생각했다. 요리도 요리지만 자취를 한다는 말에 신재숙은 반찬 만드는 법까지 가르쳐 줬었다. 강산은 그 사실은 평생 숨기기로 마음먹었다.

"이것 좀 먹어봐라."

오랜만에 깔끔한 한정식 집에서 식사하는 중이었다. 이선화는 아들의 숟가락 위에 반찬을 올려주며 챙기기 바빴다. 그것을 바라보던 강창석이 강산을 불렀다.

"아들."

"네."

"장가 언제 갈래?"

"장가요?"

"그래. 너 장가가면 며느리가 불쌍한 시아버지 좀 챙겨주지 않을까?"

"여보오?"

"그렇게 노려봐도 소용없어. 나 삐졌거든."

새침한 표정까지 짓는 아버지의 모습에 어머니가 망치로 머리를 맞은 듯한 얼굴이 되었다.

"이이가 벌써 노망이 들었나."

"뭐? 노망?"

"우쭈쭈쭈, 알았어요, 여보. 에휴, 그래도 하나밖에 없는 남편인데 내가 챙겨야지. 자, 아앙~"

이선화가 아예 반찬을 집어 남편의 입에 넣어주었다.

"됐네, 이 사람아."

"아이, 그러지 말고. 아~"

마지못해 입을 벌리는 아버지와 푸근한 미소를 지으며 등을 토닥여 주는 어머니. 이러한 가족의 모습을 지키고 싶어 해왔던 노력들이 헛되지 않아 다행이었다.

"누나는 요즘 어때?"

"잘 지내지."

"데이트는 자주 하는 거야?"

"그러는 넌?"

"나야 뭐."

본과에 들어간 이혜정이나 로스쿨을 준비하는 강현은 거의 기계처럼 공부하고 있었다. 그에 반해 강산은 아직까진 여유가 있었다.

종종 자취방에 친구들이 놀러와 자주 보는 편이었다. 하우스쿱에 온 뒤로는 그곳으로 밥을 먹으러 왔으니, 형에 비하면 자주 만나는 셈이었다.

강산은 주머니에서 봉투 2개를 꺼냈다. 하나는 어머니한테, 하나는 형한테 줬다.

"이게 뭐니?"

봉투를 열어 본 이선화가 놀란 표정을 지었다.

"별거 아니에요. 그간 알바하면서 모은 돈 조금 넣었어요."

부모님께 드린 봉투에는 300만 원이 들어 있었다. 요즘에는 선물 대신 현금으로 드리는 것이 낫다고 하여 챙긴 거였다. 물론 지난번에 비싼 것을 선물했던 일이 마음에 걸리기도 했고 말이다.

"아들."

"뭐라고 하지 마세요. 저도 예전처럼 돈을 아무렇지도 않게 생각하는 건 아니니까요."

"그런 거 아니야. 고마워서 그래."

돈 보다는 마음이 기꺼웠다. 본의 아니게 자취하면서도 꼬박꼬박 돈을 모아 이렇게 줄 거라곤 생각도 못했다.

"녀석."

강창석 또한 아들이 대견했다. 힘들게 번 돈을 함부로 쓰지 않고 가족부터 챙기는 모습이 자랑스러웠다.

"형은 그걸로 혜정이 누나 옷이라도 한 벌 사줘."

자주 만나지 못하는 대신 선물이라도 좋은 걸 해주라는 뜻이었다. 형의 용돈이 부족한 것은 아니었지만 그래도 이왕이면 강산이 하나쯤은 해주고 싶었다.

"고맙다."

"고마우면 나중에 검사 되어서 내 뒤나 봐주든가."

"벌써부터 청탁이냐?"

"청탁은 무슨. 그냥 부탁이지."

모처럼의 외식, 강산의 자그마한 선물로 어느 때보다 화기애애한 식사 시간이 되어가고 있었다.

집으로 돌아온 강산은 가족들과 차를 한 잔 마시며 담소를 나누었다. 오늘은 강현도 공부를 미뤄두고 함께 수다를 떨었다.

한참 즐겁게 담소를 나누고 있는데 벨소리가 들려왔다.

"누구지?"

딱히 올 사람은 없었다. 하윤이나 혜정이도 내일 오기로 했고 오늘은 가족과 시간을 보내기로 했기 때문이었다.

"응?"

인터폰 화면을 바라본 이선화는 당황스러웠다. 화면에는 금발의 푸른 눈을 한 외국인 여자가 서 있었다.

"누구세요?"

이선화는 능숙한 영어로 물었다. 그러자 들려온 대답은 뜻밖에도 유창한 한국어였다.

─안녕하세요? 전 샤를 에미앙이라고 합니다. 옆집에 새로 이사를 와서 인사차 들렀습니다.

"이사요?"

─네. 한국에서는 이사 오면 이웃에 떡을 돌리는 거라기에 좀 준비했는데요.

"아, 네. 잠시만요."

이선화가 문을 열자 샤를이 환하게 웃으며 인사했다.

"안녕하세요."

"네, 안녕하세요."

"우선 이것부터."

그녀의 손에 보자기에 싸인 커다란 상자가 들려 있었다. 얼결에 받고 보니 상당히 무거웠다.

"이게 뭐죠?"

"떡이요."

"무슨 떡이……."

보자기를 들춰 안을 본 이선화의 입이 벌어졌다.

"여보. 누가 오셨어?"

"안녕하세요. 옆집에 이사 와서 인사드리러 왔어요. 샤를에미앙이라고 해요."

"반갑습니다. 강창석입니다. 이왕 오셨는데 안으로 들어오셔서 차나 한잔하고 가시죠."

"그래도 될까요?"

"그럼요. 응? 그거 뭐야?"

"떡인데……."

"떡?"

강창석이 보자기를 받아 안을 들여다보았다.

"무슨 떡을 이렇게……."

단순한 인사떡이라고 하기에는 과했다. 따지자면 떡 종합 선물세트라고 할까? 포장도 고급스러운 것이 이바지떡 같았다.

"별거 아니에요. 이왕 인사드리는 거 제대로 할까 해서 준비했습니다."

뒤늦게 강산이 나왔다.

"샤를?"

샤를이라기에 설마 했던 강산은 현관에 서 있는 그녀를 발견하곤 묘한 표정을 지었다.

"안녕하세요, 강산 씨."

"응? 아는 사이냐?"

"조금 알아요."

"조금?"

강창석의 시선이 떡으로 향했다. 그리고 샤를에게 향했다가 부인에게로 향한다.

누가 봐도 시댁에 인사드릴 때나 들고 갈 이바지떡, 또래로 보이는 외모, 유창한 한국어, 옆집으로 이사를 온 것 등, 모든 정황이 의심스러웠다.

"산아. 너 혹시……."

"그런 거 아니에요. 샤를은 세계 챔피언인 리안 카터의 프로모터입니다. 복싱 때문에 알게 된 사이에요."

"흐음. 뭐, 그렇다 치자."

처음으로 아들을 믿지 못하는 아버지, 그리고 어머니. 강현
또한 입을 삥긋거린다.

'하윤이한테 이른다.'

차를 마시며 이야기를 나누는 동안 오해는 풀렸다. 더구나
연락을 받은 하윤이 찾아와 상황은 일단락되었다.

"그러니까 강산이와 스파링을 하고 싶다고요?"

집요한 녀석이다. 이제는 아예 옆집으로 이사까지 와서 작
업을 걸다니.

조용히 먹을 딸까?

천하제일의 고수가 암살까지 생각하고 있었다. 그것을 모
르는 샤를은 열심히 강산의 부모님을 공략했다.

"네. 아드님의 실력은 당장 세계 무대에 나가도 통할 실력
입니다. 아직 그 기회가 없었을 뿐이죠. 만약 리안과 스파링
을 한다면 앞으로 저희 쪽에서도 강산 씨의 세계 무대 진출에
적극 협력하도록 하겠습니다."

자식 칭찬하는 걸 싫어하는 부모는 없었다. 샤를은 충분히
한국의 문화에 대해서 알아봤고 강산의 성향까지도 철저하게
조사했다.

확실한 것은 없었지만, 전체적인 정황상 강산은 효자였다. 그러니 그의 부모님을 설득하면 되는 일이다. 그녀는 그렇게 생각했다.

"하지만 우리 산이는 아직 대학도 졸업하지 못했어요. 이제 조금 있으면 졸업반인데, 복싱을 계속할지 안 할지도 모르는 상황에서 그런 제의를 수락하기에는 좀 힘들지 않을까요?"

"그냥 해달라는 건 아닙니다."

"그럼?"

"스파링 대전료로 5억을 지급하기로 결정했습니다."

"5, 5억?"

"그뿐만이 아닙니다. 이번 스파링은 한국의 아마추어 챔피언이나 다름없는 강산 선수와 세계 챔피언인 리안 카터선수와의 대결이라는 특별함을 부각시키려 합니다. 일종의 이벤트 경기죠. 그렇게 되면 한국에서 복싱의 위상도 오르고 광고 수익도 상당할 겁니다. 최소 대전료의 10배는 되지 않을까 해요."

"10배면 50억?"

모두가 놀란 표정을 지었다.

"또한 추후 국가 대표에 발탁되는 일에도 도움이 될 겁니다. 군대 문제도 남아 있지 않나요? 강산 씨는 올림픽 금메달은 쉽게 딸 수 있는 실력자라고 리안이 보증한다고 했습니다."

프로모터란 그런 것이다. 자신이 관리하는 선수를 위해서 이벤트를 만들고 최고의 무대에서 최고의 이익을 보게 만들어 주는 일을 해야 한다.

샤를은 자신의 마스터인 리안이 원하는 바를 이뤄주기 위해 강산에 대한 프로모터 기획까지 짜버린 것이었다.

한국에는 복싱 프로모터 중에 이런 일을 제대로 하는 곳이 없었다. 그나마 화이트 프로모션이 복싱에 손을 대면서 백방으로 노력하고 있었지만 손바닥은 혼자서 박수를 치지 못하는 법이었다.

샤를은 그러한 대의적 의미와 실질적 이득까지 말했다. 최소 55억의 수익이면 어지간한 사람이라면 심장이 다 떨릴 금액이다.

'수락하겠지.'

샤를은 당연히 허락할 거라 생각했다. 강산의 가족들 표정에서 갈등의 빛이 역력했다.

"후우."

강창석이 크게 한숨을 내쉬었다.

"대단하군요. 그렇게까지 기회를 준다니 정말 고마울 뿐입니다."

샤를은 그의 말에 다 됐다고 생각했다. 자신이 작정하고 준비해 온 이상, 강산의 가족들은 거부하지 못할 것이다.

하지만 그녀의 생각과 현실은 달랐다.

"고맙고 감사하지만, 우리는 모든 선택에 있어서 아들의 의견을 존중합니다."

"네?"

"이제 산이도 성인이고 자신의 앞가림은 충분히 할 나이입니다. 우리가 이래저래 간섭하는 것도 이제는 그만해야 할 때죠. 스스로 선택하고 스스로 책임져야 할 때란 겁니다."

"하지만 아버님."

"무슨 말을 해도 소용없습니다. 그게 가장인 제가 정한 가풍이니까요."

황당했다. 평생을 벌어도 만지기 힘든 금액을 저리 쉽게 포기하다니.

"어머님."

남자보다는 여자가 이익에 더 민감한 법이었다. 샤를은 곧바로 이선화를 불렀다.

"저도 남편과 같은 생각이에요. 우리는 조언을 해줄망정 선택을 강요하지는 않아요."

자취에 대한 문제도 일종의 권고였다. 강제로 하라는 것은 아니었고 충분히 대화를 통해 필요성을 설명했다. 그것을 강산이 받아들였을 뿐이다.

"그렇다면 부모님의 생각은 어떠신데요?"

조언이라 했다. 선택을 아들에게 맡긴다 해도 아들의 선택은 부모의 조언에 영향을 받을 수밖에 없다.

"흠."

강창석의 표정이 신중해졌다.

"사실 돈이란 건 많으면 많을수록 좋은 법이지요."

"그렇죠? 그러니……."

"하지만 돈이 전부라고는 생각하지 않습니다. 물론 그렇게 생각하는 이유는 있어요. 우리가 못사는 것은 아니니까. 만약 빚이 있고 곤궁하다면 혹하겠지만 그렇지는 않거든요. 그러니 강산아."

"네."

"네가 생각한 대로 살아라. 우리는 네가 어떤 선택을 해도 믿는단다."

강산은 부모님의 말씀에 가슴 위에 살짝 얹혀 있던 불안감이 사라졌다.

가족에게 있어서 가장 중요한 것은 서로 간의 믿음이었다. 아무리 잘해왔다고 해도 부모님이 자신을 믿어주지 않는다면 무언가 잘못 살았다는 이야기였다.

'나, 잘 살았구나.'

뿌듯했다. 부모님이 이번 삶에도 변함없는 믿음과 신뢰를 보여주신다는 것이.

리안의 행동은 괘씸했지만 덕분에 부모님의 사랑을 다시 한 번 느낄 수 있었다.

"샤를."

"네."

"스파링은 아직 생각 없어요."

그리 대답할 줄 알았다. 샤를은 전신에서 기운이 쑥 빠져나가는 기분이었다.

"하지만 리안에게 전해요."

스파링 정도로는 성에 차지 않았다. 그게 아무리 빅 이벤트성 무대로 치러진다 하더라도 말이다.

"앞으로 3년. 그 동안만 챔피언 벨트를 맡겨두겠다고요."

3년 후에 정당하게 챔피언 벨트의 주인이 될 것이다. 진정한 세계 챔피언이 나라는 것을 만천하에 알릴 것이다.

강산의 말을 들은 샤를이 고개를 흔들었다.

"3년이나 5년이나 마찬가지에요. 강산 씨는 대체 무슨 생각인지 모르겠네요."

"무슨 뜻이죠?"

"대개의 스포츠 스타들의 수명을 말하는 거예요."

수명? 설마 죽을병이라도 걸렸다는 소리인가?

이해할 수 없다는 표정의 강산을 보며 샤를은 짧은 한숨을 내쉬었다.

"선수 생명은 삼십 대 초반까지로 봐요. 야구나 골프의 경우에는 좀 더 할 수도 있지만, 그것도 어디까지나 자기 관리가 철저한 선수들에 한해서죠. 복서요? 이십 대 후반만 되어도 할아버지 취급 받아요. 격투 종목은 대부분이 그렇죠."

강산의 얼굴이 심각해졌다.

사실 거기까지는 생각하지 못했었다. 자신과 같은 부류—중원의 무인—는 나이가 들수록 내공이 깊어지며 더욱 강해지기 때문이다.

늙은 생강이 맵다고 경험과 내공이 뒷받침되어 준다면 삼류 문파의 무인도 무시할 수 없었다.

하지만 무공을 배우지 않은 사람들, 무공이 없는 사람들은 달랐다. 외공이 있는 것도 아니고 순수하게 신체를 단련하는 수준으로는 육체의 한계가 존재할 것이다.

"3년이요? 3년이면 리안의 나이 서른입니다. 전 리안을 믿지만 속단할 수는 없어요. 지금이 그의 최전성기라 봐야 해요."

아무리 리안이 뛰어난 선수라도 한 대도 맞지 않는 것은 아니었다. 빗맞더라도 그 충격은 육체에 흔적을 남기는 법이었다. 교통사고의 후유증처럼 언제, 어떻게 신체에 작용을 할지 모른다는 뜻이었다.

강산이라면 환갑이 되어도 현역에서 뛸 자신이 있지만, 샤를의 말대로 리안이나 다른 사람들은 달랐다.

"무슨 말인지 알겠습니다. 하지만 어쩔 수가 없는 상황입니다. 한국은 군대를 가야 하니까요."

올림픽에 출전하기 위해서는 아마추어 복서여야 한다. 그리고 금메달을 딴 이후로 34개월을 아마추어 선수나 코치로 생활을 해야 군 복무로 인정이 된다.

강산은 2년 10개월 후에 프로로 전향하고 리안이 그를 도전자로 지명하는 방법을 생각했었다.

"APB(국제 아마추어 복싱연맹 산하 프로 복싱 단체)도 생각을 해봤습니다만, 거기도 어차피 2년간은 타 프로 단체 선수와는 시합을 못 하니까요."

IOC(국제 올림픽 위원회)와 AIBA(국제 아마추어 복싱연맹)에서 협의하여 프로 복서가 올림픽에 참가할 수 있도록 만든 단체가 APB였다.

그러나 APB 복서의 활동은 제한적이었다. 다른 복싱 단체에서 나와야 하며 올림픽 이후 최소 2년은 APB 소속이어야 할 것과 타 단체의 선수와 경기할 수가 없었다.

리안이 APB로 이적하는 것도 불가능했다. 다른 단체에서의 경기 전적이 15전 미만이어야 이적이 가능했기 때문이다.

그러니 강산이 생각한 것이 최선의 방법이었다. 과거 금메달을 따고도 아마추어 활동 기한을 못 채운 문성길 챔프가 군대를 가기까지 했으니 더는 방법이 없어 보였다.

"거기까지는 생각을 못 했네요."

샤를이 안타까운 표정을 지었다. 강산이 많은 고민을 하고 알아봤다는 것을 깨달았기 때문이었다.

"한국에서는 복싱이 비인기 종목이기에 특별 대우를 받기도 어렵습니다. 이해해 주세요."

사람들의 관심이 많은 축구나 야구의 경우에는 탄력적으로 군 면제를 해주었다. 하지만 복싱을 비롯한 비인기 종목은 국제 대회에서 금메달을 따도 제대로 인정해 주지 않았다.

"죄송해요. 제 생각이 짧았습니다."

샤를은 자신의 실수를 깔끔하게 인정했다. 자신은 어떻게든 리안과의 스파링을 성사시키려 막무가내로 밀어붙였는데 강산은 취할 수 있는 가장 합리적인 방법을 생각하고 있었던 것이다.

"하지만 이것만은 알아주세요. 전성기의 챔프를 상대하는 것과 은퇴기의 챔프를 상대하는 것은 차이가 크다는 것을요."

그러니까 어지간하면 스파링의 형태라도 상대를 하는 것이 어떠냐는 말이었다. 이게 샤를이 할 수 있는 마지막 설득이기도 했다.

"생각해 보죠."

강산은 하윤이와 샤를을 바래다주기 위해 집을 나섰다.

"옆집이라면서요."

"앞집이나 옆집이나 마찬가지죠."

강산의 집인 103동 건너편에 있는 101동이니 앞집은 맞았
다.

"101동은 평수가 크지 않나?"

"60평대."

"역시. 그럼 리안도 같이 사는 건가?"

리안과의 승부가 끝나지 않았다고 생각하는 하윤은 그가
있는지 없는지가 궁금했다. 그러나 샤를에게 직접 묻기는 조
금 그랬다.

두 사람 사이에 무슨 억하심정이 있는 것은 아니었지만, 링
위에서 한 방에 쓰러졌던 샤를이 그녀를 어색하게 대했기 때
문이었다.

"…리안은 다음 주에 들어와요."

샤를은 잠깐의 머뭇거림을 털어내고 담담하게 말해주었
다. 스파링은 스파링이었다. 제대로 해보지도 못하고 진 것이
억울했지만 이미 지나간 일이었다.

"아, 그래요?"

리안은 강산이 상대도 해주지 않고 체육관을 나선 그날로 부터, 이틀 뒤에 출국했다고 한다. 샤를이 먼저 돌아와 리안 도 곧 올 거라는 소식을 전하기 전까지 문춘수가 속상해 하기 도 했었다.

"그런데 왜 이사를 왔어요?"

"휴가예요."

"휴가?"

"음식도 마음에 들고 괜찮은 거 같아서 한동안 한국에서 지내기로 했어요."

강산과 어떻게든 대결하고 싶기 때문이란 소리는 굳이 할 필요가 없었다. 말하지 않아도 짐작하고 있을 게 뻔했고 이미 다 상한 거 같지만 자존심 문제도 있었다.

"그럼."

"잠시만요."

현관에 도착해 헤어지려는데 샤를이 두 사람을 불러 세웠 다.

"괜찮으시면 차라도 한잔하시겠어요?"

이대로 보내기엔 아쉬웠다. 리안이 그렇게나 원하는 복 서다. 조금이라도 대화를 나누고 그에 대해서 파악해야 했 다.

그리 늦은 시간도 아니었기에 강산은 고개를 끄덕였다.

넓은 평수답게 세련된 인테리어의 집이었다. 거실에는 원목으로 만들어진 2인용과 6인용 테이블이 놓여 있었다. 샤를은 6인용 테이블에 두 사람을 앉혔다.

"커피?"

"커피 말고는 없나요?"

"홍차와 주스는 있어요."

"주스로 할게요."

"저도요."

샤를이 음료를 준비하는 동안 집 안을 둘러보았다. 가장 눈에 띄는 것은 장식장에 진열된 챔피언벨트와 각종 우승 트로피였다.

오래 살 것도 아니면서 한국까지 가지고 온 것은 조금 의외였다. 장식해 놓고 과시하는 취미가 있는 건가?

강산의 시선을 따라간 샤를은 테이블에 앉으면서 말했다.

"저건 제가 챙겨온 거예요. 리안은 집 안을 꾸미는 걸 싫어해서요. 벨트와 트로피라도 해놔야 덜 삭막하다고 우겨서 놔둔 거죠."

말을 하는 샤를은 따뜻하면서도 착잡해 보이는 미소를 머금고 있었다.

그녀의 말처럼 그 외에는 이렇다 할 장식이 없었다. 테이블

위에는 꽃병 하나도 놓여 있지 않았고 액자나 벽 장식도 보이지 않았다. 유일하게 벽에 걸려 있는 것은 시계 정도였다.

"리안의 마음속에는 온통 승부욕뿐이에요. 실력자를 찾아 그를 꺾는 것에만 마음이 쏠려 있죠. 그 외에는 뭐든지 귀찮아해요."

"귀찮아한다고요?"

"하윤 씨 같은 미인에게도 관심이 없어요. 오로지 트레이닝과 대결에만 신경 써요."

미인이란 칭찬에 하윤의 얼굴이 살짝 붉어졌다.

"그렇게 살면 대체 무슨 재미래요?"

"그에게는 그게 즐거움이자 유일한 삶의 낙이에요."

"그게 무슨……."

"리안의 집안은 미국에서도 유서 깊은 명문가예요. 그런 집안의 막내로 태어나 살아온 그는 남들과는 조금 달랐어요."

거기까지 말한 샤를은 주스를 한 모금 마셨다.

"강산 씨. 자세한 사정은 제가 함부로 말씀드릴 수는 없어요. 하지만 이런 말을 하는 이유는 리안을 이해해 줬으면 해서예요. 이상하게 생각할지 모르겠지만, 리안은 안타까운 사람이거든요."

안타까운 사람.

샤를은 그를 그렇게 생각했다.

명문가의 막내라지만 리안은 사생아였다. 아버지의 외도
로 태어난 그는 집안에서의 대우가 그다지 좋지 못했다. 한마
디로 천덕꾸러기 신세였다.

형제자매들에게 무시당하며 살던 그의 불만은 폭력적인
성향으로 이어졌다. 툭하면 싸웠고 사고를 쳤다.

사생아라지만 아들이었다. 리안을 그대로 둘 수 없었던 리
안의 아버지는 그를 위해 제대로 된 운동을 시키기로 했고 그
것이 복싱이었다. 세계 챔프가 된다면 인정해 주겠다는 약속
과 함께 말이다.

아버지는 아들을 위해 샤를을 붙여주었다. 그녀는 가문에
서도 인정받는 출중한 능력을 가진 사람이었다. 가문의 모든
것을 관리하는 차기 집사의 지위까지 내정된 여인이었다.

그렇게까지 리안을 생각해 주었던 아버지는 그가 세계 챔
프가 되기 전에 돌아가시고 말았다. 당연히 형제자매들은 그
를 내치려 했다. 아버지가 약속했던 것도 그들은 모른 척했
다.

리안이 세계 챔프가 되고 유명한 사람이 된 지금은 원한다
면 다시 돌아갈 수도 있었지만, 아버지가 돌아가셨던 그날 이
미 미련을 버린 그였다.

강산은 그런 사정을 알지는 못했다. 그가 천하의 고수라도

사람의 마음을 들여다보는 재주는 없었다. 그러나 진심은 느낄 수 있었고 강산은 샤를에게서 그것을 읽었다.

"샤를."

"네?"

"리안은 절 이길 수 없어요."

아무리 리안이 세계 챔프고 타고난 복서라도 강산을 이길 순 없었다. 지금 샤를이 하는 행동은 강산을 안다면 오히려 리안을 벼랑으로 떠미는 격이었다.

예전 같으면 고민도 없이 때려눕혔을 거다. 그러나 살다 보니 상대방을 이해하려는 노력도 조금씩 하게 되었다.

하지만 샤를은 강산의 그런 진심을 알아주지 못했다. 그녀는 그저 웃을 뿐이었다.

"정말 재밌는 말씀을 하시네요. 좋아요. 그럼 저랑 약속해 줘요."

"약속?"

"리안을 이길 수 있다는 말 믿어줄게요. 대신, 리안과의 시합에서는 최대한 대등한 경기를 펼쳐 주겠다고 약속해 줘요. 리안이 후회 없이 최선을 다할 수 있도록 말이죠. 그러면 저도 앞으로 강산 씨를 돕기 위해 최선을 다할게요. 저, 생각보다 능력 있는 사람이거든요."

샤를은 강산이 리안을 1라운드에 눕힌 것을 그저 우연으로 생각했다. 평소와는 다르게 흥분했던 리안이 방심을 한 결과로 여겼다.

강산에게는 그녀의 생각이 어떻든 간에 별 상관은 없었다. 그녀가 요구하는 것 정도는 쉬운 일이니까.

그보다 도움이라.

미국에서 꽤나 유명한 가문의 일원이니 괜찮을 거 같았다. 앞으로 살면서 어려운 일은 없을 거 같았지만 인맥의 중요성은 한국 사회를 살아 오면서 느끼고 있었다.

아버지나 형을 위해서도 나쁘지 않을 거라 생각한 강산은 샤를의 제안을 받아들였다.

"좋습니다. 살살 하죠."

샤를의 눈이 커다래지더니 시원하게 웃었다.

"정말 당신 재밌어요. 그래요, 그게 당신의 매력이었어. 그 당당함과 자신감이 보통이 아니네요."

그녀가 손을 내밀었다. 강산 또한 마주 손을 잡았다.

"잘 부탁해요. 미래의 세계 챔피언."

*　　　*　　　*

샤를의 부탁이 있고 얼마 지나지 않아 리안이 입국했다. 그리고 강산은 그날부터 스토킹에 시달려야 했다.

"리안."

"응?"

"왜 자꾸 따라다녀?"

리안은 당연하다는 표정으로 말했다.

"한국에서 아는 사람이 얼마나 된다고. 샤를도 일 때문에 다시 미국으로 갔지, 나 혼자는 무섭다고."

"무서워?"

말도 안 되는 리안의 변명이었지만, 강산은 딱히 뭐라 하지는 않고 신경을 껐다.

그래, 네 맘대로 해봐라. 그래도 지금은 안 붙어준다.

슬쩍 바라보니 얄밉게 빙글거리며 웃는다. 이제는 화도 나지 않았다.

"산, 네가 나랑 시합을 한다면 무섭지 않을 것도 같은데."

집요하게 시합을 요구한다. 이쯤 되면 그냥 한판 할 수도 있건만, 강산은 그가 원하는 대로 해주고 싶은 생각이 전혀 없었다.

강산은 깔끔하게 무시하고 몸을 돌렸다. 아예 리안을 향해 눈길조차 돌리지 않기 시작했다.

"강산, 산아, 미스터 강! 대체 왜 그러는데? 스파링하는 게 뭐가 어렵다고! 대체 이유가 뭐야?"

이러는 이유? 당연히 있다.

하윤이와의 스파링에서 감히 되지도 않는 협박을 하고 대식이를 가지고 놀듯이 상대한 녀석이다. 아직 그 앙금이 강산의 마음속에 남아 있었다.

뭐라 하지 말아줬으면 좋겠다. 천하제일의 고수도 속이 좁을 수도 있는 거니까.

하지만 강산이 이렇게 리안을 피하는 것도 그리 오래가지 못했다. 그는 얼마 후에 이서경을 찾아야만 했다.

"소문이 자자하더라."

이서경의 사무실에 들어가니 한지겸이 보였다. 그는 강산을 보자마자 대뜸 소문 운운한다.

"넌 왜 여기 있어?"

"친구 사무실에 빌붙기랄까?"

"정경유착의 시작은 아니고?"

한지겸의 아버지는 외교부 장관이다. 장관직에서 물러나면 국회의원으로 활동할 예정이었다. 아버지는 당연히 아들이 정치인사가 되길 원하고 있었다.

이서경은 대하그룹의 딸이니 충분히 생각할 법한 일이었다.

"왜 이래? 난 정치인은 될 생각 없다고."

지겸은 과장되게 손사래를 치며 자리에서 일어났다. 그러더니 냉장고로 향했다.

"어디보자, 망고가 있었는데."

냉장고를 뒤적이더니 망고주스를 꺼냈다.

"이거 서경이가 만들어 놓은 거다. 직접 망고를 갈아서 만든 거야."

지겸이 건네준 잔에는 노란 액체가 찰랑이고 있었다. 한 모금 마셔보니 망고의 깊이 있는 달콤함이 입안 가득 번졌다.

"카라바오 망고네."

"이제는 맛만 봐도 어디 건지 아는 거냐?"

망고의 맛은 거기서 거기였다. 더구나 주스로 만들어 놓은 맛은 더욱 구별하기 힘들었다. 그런데 강산은 그 미묘한 차이를 구분하는 경지까지 올라있었다.

"서경이는?"

"금방 올 거야."

말하기 무섭게 문이 열리며 이서경이 들어왔다.

"왔어?"

그녀는 핸드백을 책상 위에 올려놓고 강산의 곁에 앉았다.

"마시고 있었네. 어때? 맛있지?"

강산은 빈 잔을 내미는 것으로 대답을 대신했다. 이번에는 이서경이 손수 주스를 따라주었다.

"그나저나 어쩐 일이야?"

한지겸이 심드렁한 목소리로 대신 말했다.

"어쩐 일은. 소문 때문이겠지."

"하지만 강산이 싫다고 했으면 그만 아냐?"

"교수들이 가만히 있겠냐?"

"하긴, 나도 지금 이찬주 학과장 만나고 오는 길이긴 해."

툭하면 곁에 붙어 다니며 한 판만 붙자고 하는 리안으로 인해 교내에까지 소문이 퍼진 상태였다.

아무리 복싱에 대한 관심이 없는 한국이라도 리안을 알아보는 사람은 있게 마련이었다. 더구나 서울대에는 나름대로 유명한 아마추어 복싱 동아리가 있었고 체육학과는 특성상 당연히 아는 사람이 많을 수밖에 없었다.

"그래서?"

"리안이 산이와의 스파링을 원한다는 게 사실이냐고 묻더라. 사실이면 프로모션 측에서 성사시키면 안 되겠냐고."

강산은 챔피언 체육관 소속으로 되어 있었고, 체육관은 화이트 프로모션의 후원을 받고 있었다. 이런 상황에서는 강산을 불러 확인하기보다는 프로모션 측을 통한 사실 확인이 우선이었다.

"스파링이니까 아마추어 생활에 지장이 없을 거라고 설득해 보라기에 이미 거절했다고 전했지."

이서경이 슬쩍 몸을 기대며 마치 '나 잘했지?' 라고 묻는 눈빛으로 강산을 올려다보았다.

강산은 이서경의 머리를 토닥여 주곤 주머니에서 폰을 꺼냈다.

"그래서 나한테 전화를 하는군."

발신자는 바로 이찬주 학과장이었다.

"네, 학과장님. 강산입니다."

―어, 그래. 잘 지냈나?

"네."

―요즘 학과장실에 잘 오지도 않고 조금 서운하네.

"저도 서운합니다만."

예전 국정원의 공작으로 교내 운동대회 참가를 못하게 막은 것은 오히려 그였다. 서운한 걸로 따지자면 강산이 서운해야 했다.

잠시 수화기 너머에서 침묵이 흘렀다. 강산이 무슨 말을 하는 것인지 이찬주도 잘 알기 때문이다.

―흠. 뭐, 당시에는 다 사정이 있어서 어쩔 수가 없었네. 자네가 이해하게나.

"왜 제가 이해해야 합니까?"

―그게 무슨 소린가?

"학과장님이시고 학생이라는 관계 때문에 이해를 해야 한다면 거절하겠습니다."

이찬주가 자신을 이용하는 것은 한 번이면 족하다. 교수 자신과 학교의 위상을 높이기 위해 그가 원하는 대로 각종 대회를 나간 것 까지는 괜찮았다.

하지만 리안에 대한 것은 달랐다. 그건 어디까지나 강산 개인의 일이고 학과장이란 직위를 이용해 이러니저러니 간섭할 일은 아니었다.

─이보게, 강산 학생. 뭔가 오해를…….

"이제 와서 연락하신 이유가 리안 때문이 아닌가요? 리안에 대해서는 더 할 말 없습니다. 제 뜻대로 할 겁니다."

강산은 간단하게 말하고 전화를 끊었다.

"야, 쎄다. 그래도 학과장인데."

지겸이 놀란 눈이 되었다. 학과장에게 밉보여서 좋을 일이 하나도 없었다. 성적에 불이익을 받을 수도 있었고 대학에서 추진하는 각종 커리큘럼에서 제약을 받을 수도 있었다.

"상관없어."

구더기 무서워서 장 못 담그는 거 아니다. 특히 강산은 학점에 그다지 집착하지 않았다.

대기업에 입사할 것도 아니고 공무원이 될 것도 아니었다. 운동선수가 될 생각인 그의 입장에서 대학은 부모님을 위해 다니는 것일 뿐이었다.

"그보다 서경아."

"응?"

"아무래도 네가 좀 도와줘야겠다."

"뭘?"

편법이라면 편법이지만, 강산만이 쓸 수 있는 편법이 있었다. 이렇게 된 이상 조금 더 일찍 움직이는 것도 나쁘지 않았다.

이찬주는 끊어진 전화기를 보며 인상을 썼다.

"건방진 놈."

처음에는 자신의 커리어에 도움이 될까 했었다. 서울대 아마추어 복싱 동아리가 각종 대회에서 우승을 휩쓸면서 꽤나 재미를 보았기에 기대가 많았었다.

국가대표 상비군까지만 올라가도 좋을 거라 생각했었는데 의외로 여러 방면에서 활약하며 기대 이상의 성과를 내주었다. 그에게 있어서 호박이 넝쿨째 들어온 격이었다.

그런데 갑자기 윗선에서 압박이 들어왔다. 그가 어떻게든 설득해 보려 했지만 어느 선 이상으로 나서면 본인의 자리까지 위태로울 지경이었다.

어쩔 수가 없는 입장이었다. 윗선의 눈 밖에 나면 자리에서 물러나야 하는 것이 학과장이었다.

비겁한 변명?

사회에서는 최후에 웃는 자가 승자다. 그리고 자신은 계속 학교에 있어야 하지만, 강산은 졸업하고 제 갈 길 가버리면 끝이었다.

"네가 아직 사회의 무서움을 몰라……."

꼬여 버린 관계를 풀기위해 노력하기엔 이찬주의 자존심이 허락하지 않았다. 더구나 학과장인 자신을 대하는 강산의 태도도 마음에 들지 않았다.

"감히 학과장에게 대들다니."

이찬주는 전화를 들었다.

"오랜만이야, 장 감독."

사람이란 참 별거 아닌 거에 목숨을 건다. 이찬주는 자신이 아는 스포츠계의 감독과 코치들에게 전화를 돌렸다. 강산에 대해 헐뜯으면서 말이다.

*　　　*　　　*

강산은 대학교까지는 조용히 다니려 했다. 아버지가 국정원의 눈까지 속여 가며 자신을 숨기려 했으니 그 뜻을 무시할 수가 없었기 때문이다.

하지만 더 이상 미룰 수가 없다는 생각이 들었다. 평범한 사람의 육체적 전성기를 생각하면 나이가 적을 때부터 해야지 이상하게 보지 않을 것 아닌가?

강산은 이전에 목표로 했던 스포츠의 전설을 시작하기로 마음먹었다.

"당장 출전할 수 있는 대회는 전국종별 육상선수권대회야. 제한 사항은 1인 2종목 이내라서 일정이 겹치지 않는 걸로 정했어. 100미터와 장대높이뛰기."

이서경은 부탁대로 가장 빨리 출전할 수 있는 대회와 종목을 조사해 왔다.

"세계 기록은?"

"100미터 9.58초, 장대높이뛰기는 6.16미터."

"어느 정도가 좋겠어?"

"우선 한국 신기록으로 가는 건 어때?"

"한국 신기록이라."

"100미터는 10.23초, 장대높이뛰기는 5.65미터야."

"선수 등록은?"

"화이트 프로모션으로 변경했어."

대학 소속으로 등록했던 것들은 모두 화이트 프로모션으로 이적시켰다. 굳이 학교의 눈치를 볼 필요가 없도록 만들고 어떤 수작도 부리지 못하게 만든 것이다.

이찬주가 감독들에게 전화를 돌린 게 헛수고가 되는 셈이었다.

"그런데 갑자기 왜 이렇게 하는 거야?"

"원래부터 이럴 생각이었어."

"원래부터?"

"대하그룹 신입 사원이 어울릴까, 세계적인 스포츠 영웅이 어울릴까."

이서경은 무슨 말인가 잠시 생각하더니, 이내 가볍게 웃음을 터트렸다.

정장에 넥타이를 매고 아침마다 출근해서 상사의 눈치를 보며 일하는 강산의 그림은 도무지 떠오르지 않았다. 그러나 세계 최고의 스포츠 스타가 되어 많은 이의 추앙을 받는 모습은 잘 어울렸다.

"중원에서도 그랬고 지금도 그렇고. 천하제일은 강산 너뿐이야."

이서경이 환하게 웃었다.

자신이 있을 곳은 세계 제일의 남자의 곁이다. 바로 강산, 그의 반려자로서 말이다.

"자세 낮춰! 가드 올리고!"

챔피언 체육관의 사람들이 링 위에 오른 두 사람을 손에 땀을 쥐고 바라봤다.

"머리 흔들어! 움직이란 말이야!"

링 위에는 리안과 문대식이 한창 스파링 중이었다. 하지만 예전처럼 일방적인 경기는 아니었다.

"훅, 후욱!"

문대식은 아버지의 말을 들으며 거칠게 움직였다. 슬슬 체력의 한계가 오고 있었다. 땀이 비 오듯 쏟아지고 귓가가 웅웅 울렸다.

리안은 여전히 대단했다. 그의 눈빛은 흔들림이 없었으며 호흡 또한 안정적이었다.

"조금만 더! 한 방 먹여!"

어쩌면 가능할 지도 몰랐다. 이제는 리안과 5라운드까지 뛰고 있었으니까.

'그래, 한 방만!'

리안은 자신의 상태에 대해서 누구보다 잘 알고 있을 것이다. 슬슬 쓰러질 거라 생각하며 방심할 때를 노려야 한다.

문대식은 마음을 다잡으며 눈빛은 썩은 동태눈알처럼 힘을 뺐다. 치사하지만 단 한 방이라도 때리고 싶은 그의 집념이었다.

'지금이다!'

리안의 스트레이트가 영혼 없는 꾸지람처럼 날아왔다. 그저 가볍게 날리는 게 분명한 펀치였다. 대식은 그 스트레이트를 향해 머리를 들이밀었다.

'어라?'

기운이 빠진 문대식이 그렇게 움직일 줄은 몰랐다. 리안은 그렇지 않아도 가볍게 뻗은 스트레이트의 타점이 어긋나는 것이 느껴졌다.

그리고 그와 동시에 복부를 향해 뻗는 문대식의 보디블로가 보였다.

'많이 늘었네.'

문대식을 상대해 주는 이유는 하나였다.

재미.

두 번째 스파링 때부터 간간히 터져 나오는 의외의 몸놀림이 놀라웠다. 특정한 조건하에서 반사적으로 카운터를 날리는 모습은 리안의 나른하고 권태로운 눈동자에 빛이 반짝이게 만들 정도였다.

그러한 문대식의 움직임은 당연히 강산 때문이었다. 스파르타식 실전 스파링으로 인해 위기 상황에서 몸이 저절로 반응하도록 강산이 다져 놓은 것이었다.

좀 심하게 다져 놓긴 했지만.

어쨌거나 상대가 리안이라서 그렇지, 어지간한 복서는 상대가 되지 않을 정도의 실력을 쌓은 문대식은 리안의 방심을 이용해 혼신의 힘을 실은 보디블로를 날렸다.

그러나 막혔고,

펙!

역으로 들어온 리안의 카운터에 안면을 허용하고 말았다.

"스톱!"

끈덕지게 버텼지만 이번까지 합해 벌써 5번째 다운이었다. 일어나려 애쓰는 문대식의 팔다리가 애처롭게 후들거렸다.

"텐!"

마지막 카운트가 끝나고 오늘도 리안의 승리였다.

"아아."

문대식은 대자로 뻗어 체육관 천장을 바라보았다. 관원들도 뭐라 하지 않고 조용히 기다렸다.

리안과 상대해서 2라운드를 넘기는 사람은 문대식이 유일했다. 그리고 오늘은 5라운드까지 갔다. 어쩌면, 하는 일말의 기대가 다른 이들의 가슴에도 숨 쉬고 있었다.

"이번에는 나도 놀랐다."

짧은 영어는 문대식도 알아들을 수 있었다. 그의 눈동자가 움직이며 가까이 다가온 리안의 모습을 담았다.

"하지만 너무 급해. 빠른 공격과 성급한 공격은 다르다. 잘 생각해 봐."

무작정 주먹을 날리게 되면 빨리 지칠 뿐이다. 펀치 하나하나가 분명한 목적을 가지고 뻗어나가야 한다.

그러나 문대식은 너무 급했다. 어떻게든 한 대 치고 말겠다는 마음이 쓸데없는 펀치를 남발하게 만들어 빠르게 체력을 소진시킨 것이다.

'그 덕에 체력은 더 탄탄해진 셈이지만.'

이를 악물고 한계까지 움직인 녀석의 체력은 많이 늘어 있었다. 이미 8라운드 선수의 수준은 넘어 보였다.

시간이 흐르면 더 재밌어질 녀석이었다.

"리안."

링에서 내려오는 그의 귀에 익숙한 목소리가 들렸다.

"강산? 어쩐 일이야?"

평소라면 자신을 피해 다닐 그가 체육관까지 찾아온 것은 의외였다.

"많이 지쳤어?"

하루에 서너 번의 스파링을 뛰는 리안이다. 아무리 남다른 실력의 세계 챔피언이라도 말이 안 되는 체력이었다. 그런 그가 오늘은 대식이와의 스파링밖에 하지 않았었다.

"그다지."

"그럼 1시간이면 되겠군."

강산은 그리 말하고 손에 밴드를 감기 시작했다.

"너, 설마?"

"1시간 후에 가볍게 해보자."

원치 않는 이웃이 된 리안이지만 그래도 하는 모양새가 나름대로 귀엽고 기특했다. 소문이 퍼지게 하고 체육관 사람들의 상대가 되어주고 하는 일련의 행동들이 모두 순수하게 자신과 붙고 싶다는 마음 때문이 아닌가?

그래서 조금은 그에게 기회를 주고 싶었다.

자신의 실력을 살짝 보여주고 다음에 링 위에서 만났을 때 후회하지 않도록 철저히 준비하란 의미에서 말이다.

"좋아."

입이 찢어진다, 찢어져. 멘탈만 찢어지지 말아다오. 제발.

"죄송하지만 다들 자리를 비워주시겠어요? 리안과의 스파링은 비공식이거든요."

조금 힘을 쓸 생각이었다. 그런 모습을 사람들에게 보여서 좋을 것이 없었다.

리안은 강산의 그런 행동이 쓸데없어 보였다. 지난번과 같은 꼴사나운 상황은 벌어지지 않을 거라 자신했기 때문이다.

"뭐하러? 그냥 해도 상관없는데."

그건 네 생각이고.

강산은 리안의 말을 무시하고 사람들을 내보냈다. 다들 불만 가득한 얼굴이었다. 그러나 문춘수까지 나서자 별다른 말은 하지 않고 집으로 갈 준비를 했다.

1시간 뒤, 리안은 소원대로 강산과의 스파링을 시작했다.

6장

서프라이즈

남양주시에 위치한 천종설의 집 지하에는 핵과 진도 7의 강진도 버텨내는 방공호가 있었다. 과거의 기억으로 인해 천종설이 단단히 준비해 둔 곳이었다.

　　그곳에 천종설은 특수한 설비를 만들었다. 만약에 만약을 위해 대비한 최후의 보루로 만든 설비. 중원의 지식과 현대과학문명을 접목시킨 그만의 세상이었다.

　　그리고 그 중심의 금속 침대 위에 이여령이 누워 있었다.

　　금속 침대에서는 냉기가 끊임없이 흘러나오고 있었다. 너무나도 차가워 뼛속까지 얼릴 것만 같은 기운은 이여령의 전신을 감싸고 있었다.

이여령은 죽은 것일까?

아니었다. 그녀의 가슴을 가만히 바라보면 매우 천천히 오르락내리락하는 것을 확인할 수 있었다.

치익—

증기가 뿜어지는 소리가 나며 출입구가 움직였다. 두터운 강철문은 귀를 기울이지 않으면 들리지 않을 미세한 소음만 내며 천천히 열렸다.

강철문의 너머에 나타난 사람은 초췌한 모습의 천종설이었다.

광대뼈가 툭 드러날 정도로 홀쭉해진 볼과 지저분하게 자란 수염에서 예전의 모습을 찾아볼 수는 없었다. 그럼에도 불구하고 쇠약해졌다는 느낌은 전혀 들지 않았다.

눈동자만큼은 무섭도록 타오르고 있었기 때문이다.

"령아."

침대 옆에 선 그가 천천히 이여령의 뺨을 매만졌다. 강력한 냉기로 인해 그의 손에 하얀 서리가 피어났다.

"조금만 참아다오."

단전의 기운을 서서히 끌어 올렸다. 내공이 전신을 휘감기 시작하며 얼어가던 손이 본래의 색을 되찾았다.

혈색을 되찾은 손이 품안에서 상자 하나를 꺼냈다. 누런 황

금빛 상자 안에는 금침이 빼곡히 들어차 있었다.

"다시는 병마 따위에, 운명에 휘둘리지 않도록 해주겠다."

금속 침대의 버튼 하나를 누르자 이여령의 몸이 허공으로 올라오며 고정됐다. 최소한의 지지대가 그녀의 몸을 지탱하고 있었다.

천종설이 상자의 밑바닥을 검지로 톡 쳤다. 빼곡하게 들어찬 침이 일제히 허공으로 솟구치며 이여령의 전신을 둘러싸기 시작했다.

수많은 금침이 허공에 자리 잡더니 빙글 돌며 날카로운 침 끝을 그녀에게 겨누었다.

"얼마 남지 않았어."

천종설의 손이 살짝 올라갔다가 아래로 내려갔다. 그 순간, 금침이 소나기처럼 쏟아져 이여령의 전신을 파고들었다.

고슴도치처럼 변한 이여령을 보는 천종설이 낮게 뇌까렸다.

"누구도 우릴 갈라놓지 못할 거야."

*   *   *

"괴물 같은 놈."

괴물, 그 단어 외에는 달리 표현할 방법이 없었다.

"더 할까?"

리안은 링 바닥에 누워 강산을 쳐다보았다.

한 방에 뻗어버렸던 그때와는 달랐다. 대등한 경기를 펼치며 마음껏 기량을 내뿜었다.

그런데 강산 이 녀석은 자신의 기량을 어린애 정도로 취급하고 있었다. 마치 실체 없는 유령을 상대하는 느낌이었다.

"빌어먹을."

지금까지 이런 상대는 본 적이 없었다. 공격이 들어올 방향을 예측할 수도, 읽을 수도 없었다. 막말로 눈뜬장님이 된 기분이었다.

강산이 글러브를 벗었다.

"아직 안 끝났……."

일어서던 리안이 다시 바닥으로 꼬꾸라졌다. 재차 일어서려 하지만 몸이 말을 듣지 않았다.

"3년 뒤에 정식으로 붙자고 한 거 취소다."

"뭐?!"

"앞으로 1년 이내에 도전자 자격으로 찾겠어. 그러니까 벨트 잘 간수해라."

강산은 그리 말하고 링에서 내려왔다.

'도전자?'

갑자기 맥이 탁 풀렸다. 지금의 상황을 보자면 도전자는 강산이 아니라 자신이었다.

'그래. 1년이라 이거지.'

그렇다고 해서 절망에 빠져 허우적거릴 그가 아니었다. 오히려 그의 눈은 그 어느 때보다도 빛나고 있었다.

리안이 몸을 일으켜 앉았다. 그의 글러브가 자신의 두 뺨을 세차게 두드렸다.

더욱 강해질 이유가, 목표가 생겼다. 어떻게든 그를 꺾어 자신이 세계 최고임을 증명할 것이다.

체육관을 나서던 강산은 링 위에 앉아 있는 리안을 보았다.

'다행이군.'

그에게서 좌절이나 절망은 보이지 않고 있었다.

*　　*　　*

권종국 감독.

대하 중공업 육상 실업팀을 책임지고 있는 권 감독은 화이트 프로모션을 찾았다.

"갑자기 출전 선수를 바꾸라니요!"

대하그룹에서 보유한 모든 스포츠 실업팀은 화이트 프로모션에서 관리한다. 훈련과 선수 발굴을 제외한 나머지 과정에 대해서는 화이트가 주관하고 움직였다.

그렇기에 각 실업팀 감독과 화이트 프로모션 사이에는 명확한 선이 그어져 있었다. 각종 대회의 엔트리나 훈련 과정에 대해서는 전적으로 감독의 재량이었다.

그런데 오늘 실업팀 창단 이후 처음으로 엔트리 변경 요청이 들어왔다. 그것도 화이트 프로모션의 이사로부터 직접 말이다.

지금까지 열심히 뛰며 기량을 닦아온 선수와 감독을 무시하는 처사였다. 이대로 있을 수 없던 권 감독은 화이트의 이서경 이사에게 항의하기 위해 찾아온 길이었다.

"강산? 이 사람 권투 선수 아닙니까? 제가 알기로 이사님과 친분이 있는 거 같던데, 이러시면 안 되는 거 아닙니까?"

선수 하나 엔트리에 추가하는 것은 별거 아니었다. 그러나 육상 선수도 아닌 복싱 선수였고 이서경 이사와 친구라는 소문도 있었다.

철저하게 실력 위주로 공정하게 대우하는 권종국의 입장에서 이서경의 이번 부탁 아닌 부탁은 청탁이나 다름없었다.

이서경은 얼굴을 붉히고 있는 권종국을 가만히 바라보았다.

현재 대하그룹 산하의 실업팀 감독은 대부분 권종국과 비슷한 성향이었다. 이서경이 스포츠에 뛰어들기로 마음먹고 처음 한 일이 외압과 유혹에 굴하지 않는 강직한 감독들 위주로 실업팀을 구성한 일이었다.

"감독님. 제가 보낸 공문 제대로 보지 않으셨죠?"

그중에서도 특히 권종국은 정도가 심하긴 했다. 워낙에 성격이 불같아서 이런 종류의 일에서는 덮어놓고 따지고 든다.

"봤죠, 봤습니다. 결국에는 이사님 아는 선수 하나 껴 달라는 거 아닙니까?"

"테스트를 하고 엔트리에 추가해 달라고 했습니다만."

"테스트고 나발이고 이렇게 부탁하시면 저희 입장에서는······."

"감독님. 말씀이 지나치시네요."

부드럽던 이서경의 표정이 싸늘하게 변했다. 권종국은 일변한 그녀의 분위기에 말문이 막혔다.

"제가 언제 부당한 요구를 한 적 있나요?"

없었다. 이서경 이사와 화이트 프로모션은 언제나 감독과 선수들에게 최고의 대우를 해주기 위해 힘써왔다.

어쩌면 그것을 알기에 더욱 흥분했던 걸지도 몰랐다. 그러면 그렇지, 하는 마음에 실망한 셈이다.

"분명히 테스트 결과를 보고 추가해 달라고 말했습니다. 실력도 안 되는 선수를 넣어달라고 한 게 아니란 말이죠."

그녀의 말에도 권종국의 얼굴에 별반 변화가 없었다. 직접 확인하지 않는 이상은 계속 저 상태일 것이었다.

"감독님의 입장은 충분히 이해합니다. 좋아요. 이왕 오신 김에 바로 확인하죠. 스톱워치 가지고 계시죠?"

"네."

항상 스톱워치를 목에 걸고 다녔다. 언제나 직접 테스트를 하기 때문이다.

"가시죠."

이서경은 권 감독을 이끌고 서울대 캠퍼스로 향했다.

강산은 마지막 강의가 끝날 무렵에 메시지를 받았다. 갑작스럽지만 단거리 테스트를 받을 수 있겠냐는 거였다. 아직은 아르바이트를 그만두지 않았지만 시간에 여유가 있었기에 곧바로 운동장으로 향했다.

운동장에는 이서경과 40대 중반의 남자가 기다리고 있었다. 그가 자신을 테스트할 사람이란 건 쉽게 알 수 있었다.

"안녕하세요."

인사를 하는 강산의 모습에 권종국은 오만상을 찌푸렸다.

얇은 가디건에 면바지, 스니커즈 운동화를 신은 모습은 누가 봐도 테스트를 받으러 온 차림새는 아니었다.

"학생이 강산이야?"

"네."

"설마 그렇게 입고 테스트를 받을 건 아니겠지?"

따지자면 갑작스럽게 찾아온 쪽의 잘못이다. 그러나 그런 것을 생각하기에는 권 감독의 심기가 좋지 않았다.

"저는 상관없습니다만."

하지만 강산은 신경 쓰지 않았다. 어차피 기록만 보여주고 선수 출전만 하면 되는 일이었다. 굳이 그의 마음에 들 필요는 없었다.

"상관이 없어? 아주 자신만만하네. 좋아. 어디 그만큼 실력이 되나 볼까?"

권종국은 제대로 인사조차 하지 않고 트랙의 끝으로 성큼성큼 걸어갔다.

"산아, 이해해 줘. 권 감독 성격이 원래 저래."

이서경의 걱정에 강산은 고개를 끄덕여 주고 출발선에 섰다.

"너무 빨리 뛰지는 말고. 빠르다 싶으면 전음으로 알려줄게."

원래는 연습부터 할 생각이었다. 적당히 한국 신기록으로 맞추고 출전해서 다른 사람들 달리는 속도에 맞춰 메달을 따려고 했었다.

하지만 이렇게 되고 보니 어쩔 수 없었다. 이서경이 따로 시간을 확인하며 전음으로 알려줘야 했다.

"제자리에!"

구령을 넣는 권종국의 목소리에는 분노가 담겨 있었다. 강산이 자세를 잡고 고개를 들자 인상을 잔뜩 쓰고 있는 그가 보였다.

'저 자식 봐?'

자신을 바라보는 강산의 표정이 아무렇지도 않은 걸 보자 심술이 났다. 슬쩍 웃음까지 짓는다.

'그래, 그렇단 말이지?'

누구는 이런 일로 여기까지 온 것도 열 받는 일인데, 정작 이렇게 만든 당사자는 너무 편안해 보인다. 확실히 기록에는 자신이 있나보다. 그렇다면 엔트리에 넣는 것은 거부할 수 없는 일. 권종국은 심술이 났다.

"차려!"

강산이 출발 자세를 취했다. 그것을 본 권종국이 이를 드러내며 웃음을 지었다.

스톱워치를 든 손이 위로 올라갔고 출발을 알리기 위해 아래로 떨어졌다. 그리고 스톱워치의 버튼을 눌러야 하는 권종국의 엄지손가락은 꿈쩍도 하지 않았다.

강산이 통과하고 나면 스톱워치를 못 눌렀다고 다시 하자고 할 셈이었다. 참으로 치졸한 복수였다.

그런데 의외의 일이 벌어졌다.

"응? 뭐야? 왜 안 뛰어!"

강산이 뛰지 않고 그대로 있었던 것이다.

"야! 너 지금 장난해?!"

화가 난 권종국이 강산이 있는 곳으로 다가왔다. 그때까지 출발 자세를 유지하고 있던 강산은 그가 가까이 오자 몸을 일으켰다.

"너 뭐야? 왜 안 뛰는데? 이 이사님. 지금 이 새끼 뭐하자는 겁니까?"

강산은 씩씩거리는 권종국을 보자니 웃음밖에 나오지 않았다.

"이 새끼 봐라? 웃어? 지금 해보자는 거지?"

"아저씨야 말로 뭐하자는 겁니까?"

"아저씨?"

"그럼 뭐라 부를까요?"

"뭐? 뭐 이런 싸가지가……."

"누군지 소개하셨습니까?"

"뭐라고?"

강산의 손이 움직였다. 눈 깜짝할 사이에 권종국의 손에 있던 스톱워치가 강산의 손에 쥐어졌다.

"스톱워치도 안 눌렀네요."

고수의 시력은 보통이 아니다. 그 거리에서 강산은 권종국의 손가락 움직임까지도 눈에 담고 있었다.

"어?"

내 손에 있던 게 언제 저기로 갔지?

권종국은 놀란 마음에 딱히 변명할 타이밍을 놓쳤다.

"서경아. 공과 사는 분명하게 하는 분이라며?"

"그러게. 미안해. 내가 사람을 잘못 봤나 봐."

사람을 잘못 봤다는 말에 권종국의 정신이 번쩍 들었다.

"아니, 저기. 이서경 이사님, 강산 선수. 하하하! 내가 너무
긴장을 했나봐. 미안합니다. 미안해, 강산씨."

긴장보다는 분노였겠지만, 어쨌거나 권종국의 정신이 제
자리로 돌아왔다.

간섭이네 어쩌네 해도, 이서경은 자신의 윗사람이다. 한 마
디로 그녀는 갑이고 자신은 을이다. 그런 위치를 망각하고 너
무 감정적으로 움직이고 말았다.

'밥줄 끊길 뻔했다!'

두 사람이 아는 사이란 것을 잊을 정도로 너무 흥분해 버렸
다. 서로 말하는 것을 보니 알아도 그냥 아는 사이가 아닌 것
으로 보인다.

적당히 주도권을 쥐어야 했는데, 아무래도 권종국은 그런
정치적인 행동은 많이 미흡한 성격이었다.

"자, 자. 그러지 말고 다시 하자. 이번엔 확실하게 누를게."

"아저씨."

어영부영 얼버무리고 테스트를 빨리 마치고 돌아가려던 권종국은 강산의 아저씨란 호칭에 다시 발끈하고 말았다.

"아저씨라니!"

"그럼 누구신데요?"

차분하게 말하는 강산을 한 번 보고 이서경을 바라봤다. 이서경의 눈치가 곱지 않았다.

아무리 물불 안 가리고 성질 더러워도 밥줄이 끊기면 안 된다. 권종국은 억지로 웃음을 지었다.

'똥이 무서워서 피하냐, 더러워서 피하지.'

그는 마누라와 자식들을 생각하면 무엇이든지 참을 수 있는 가장이기도 했다.

"이런, 내 정신 좀 봐. 난 권종국이라고. 대하 중공업 실업팀 감독이야. 그러니까 아저씨가 아니고 감.독.이란 말이지."

감독이란 말을 강조하는 그의 볼이 씰룩였다. 참는다는 기색이 역력했다.

"그렇군요."

"그럼 다시 테스트를……."

"서경아. 감독은 처음 보는 사람한테 막 반말해도 되는 거야?"

"보통 소속 선수한테는 그렇긴 한데……."

"난 아직 소속 아닌데."

권종국이 어금니를 꽉 깨물었다.

참아야 한다, 참아야 해.

"…미안하게 됐습니다, 강산 선수."

몸을 휙 돌려 멀어지는 감독을 보며 강산이 슬쩍 웃었다.

"산아. 사악해졌어."

"내가 누군지 잊었어?"

피는 피로 갚는다. 천하제일이란 명성이 따랐어도 그의 무공은 마공이며 마도의 절대고수였다.

이 정도는 장난에 불과했다.

"제자리에, 차려!"

강산은 다시 자세를 취했다. 그리고 신호와 동시에 힘차게 몸을 날렸다.

'빠른데?'

권종국의 눈이 커다랗게 변했다. 가끔 실제 뛰는 속도는 빠르지 않은데 보기에는 매우 빠르게 느껴지는 선수가 있다.

'아냐.'

그런 건 아니었다. 강산의 속도는 정말 빨랐다.

바로 눈앞을 훅 지나갔다. 권종국은 반사적으로 스톱워치를 눌렀다.

9초 98.

권종국은 이서경이 다가올 때까지 멍하니 스톱워치를 바라보았다.

"어때요?"

이서경의 목소리에 그제야 정신이 든 권종국의 고개가 휙휙 돌아갔다. 그의 눈동자에 강산이 들어왔다.

"너, 이 자식!"

정신없이 달려간 권종국이 강산을 와락 끌어안았다.

"어디서 이런 보물이 나타났냐! 하하! 푸하하하하하!"

눈물까지 찔끔거리며 미친 듯이 웃어젖힌 그가 갑자기 몸을 돌려 이서경의 손을 잡았다.

"이사님! 대단합니다! 올림픽의 꽃이라 불리는 육상에 드디어 태극기를 날릴 수 있겠습니다!"

성질 급하고 속 좁고 고지식한 면이 많은 그일지라도 뛰어난 선수를 발견한 기쁨은 모든 앙금을 털어버리기에 충분했다.

"일단 진정하세요, 권 감독님."

"지금 진정하게 생겼습니까? 보세요, 9초 98! 조금만 가르치면 세계 신기록이 가능한 기록이라고요! 말이 됩니까? 스파이크도 안 신고 이런 기록이라니요! 더구나 저 새… 아니지, 강산 선수는 몸도 안 풀고 바로 뛰었잖아요? 그랬는데 이런 기록이란 겁니다!"

평범한 신발과 스파이크가 달린 단거리 육상화와의 차이는 생각보다 크다. 게다가 강산은 별다른 준비운동도 하지 않고 곧바로 뛰었다.

권종국은 성질을 부리면서도 앞으로 책임져야 할지도 모를 선수이기에 강산의 일거수일투족을 면밀히 체크했던 것이다.

"감독님, 일단 단거리는 합격인 거군요?"

"그렇죠! 무조건 합격입니다! 이사님, 맡겨만 주십시오. 제가 강산이를 세계 최고의 선수로 만들겠습니다!"

호언장담하는 권종국에게는 안 된 말이었지만, 강산은 훈련캠프에 참가할 예정이 없었다.

아예 소속팀 없이도 선수 생활을 할 수도 있었다. 그런 것을 단지 그의 편의를 위해서 화이트 프로모션이란 배경을 두었을 뿐이었다.

그러나 당장 이야기할 사안은 아니었다. 이렇게 좋아하는 사람한테 모진 말을 하기가 조금 꺼려졌다. 대신 이서경은 다른 말을 꺼냈다.

"폴 볼트는 어쩌죠?"

폴 볼트는 장대높이뛰기를 말한다.

"그거요? 그건 그냥 하지 말죠? 백 미터만 잘해도 되는걸 뭐하러 높이뛰기까지 합니까? 그러다 다칠 수도 있어요."

"아닙니다. 그것도 테스트하죠. 이왕 하는 거 확실하게 강산의 능력을 체크해야죠."

"뭐, 그렇게까지 말씀하신다면야."

권종국의 가슴이 살짝 떨리고 있었다. 장대높이뛰기도 얼마나 자신이 있기에 이러는 걸까 싶었다.

"폴 볼트는 실내체육관에 준비해 뒀어요. 그쪽으로 가죠."

이서경이 앞장서서 움직였다. 그 뒤를 강산이 따라가는데, 강산의 옆에 권종국이 찰싹 달라붙었다.

"강산 씨. 나만 믿으라고. 내가 강산 씨를 우사인 볼트 뺨을 후려치게 해줄 테니까."

은근히 말을 놓고 있는 권종국을 보며 강산은 그냥 그러려니 했다. 아이처럼 좋아하는 중년의 남자를 보니 뭐라 할 마음도 들지 않았다.

장대높이뛰기, 폴 볼트(Pole vault)는 처음 해보는 거였다. 그렇다고 해서 걱정된다거나 두렵다거나 하지는 않았다.

제대로 경공을 펼치면 수 미터씩 날아다니는 강산이다. 제자리에서 뛰면 못해도 10여 미터는 훌쩍 뛰어 넘을 거다. 그걸 장대를 들고 넘는 거니 어려울 것도 없다.

"5.92미터?"

"네. 문제 있나요?"

"문제라기보다 한국 신기록이 5.65거든. 5.92면 아시아 신기록인데, 해본 적은 있고?"

"아뇨."

"뭐? 안 해봤어?"

"네. 이건 오늘 처음이네요."

황당한 얼굴이 된 권종국이 이서경을 쳐다봤다.

"이사님. 지금 제가 잘못 들은 거죠?"

"아뇨."

이서경의 쿨한 대답에 이제는 아예 얼굴이 붉게 변한다.

장난하나?

폴 볼트는 그냥 한다고 해서 할 수 있는 게 아니다. 폴을 들고 뛰는 것도 훈련해야 하고 폴에 제대로 몸을 싣는 방법도 익혀야 했다.

몸과 팔의 근력, 도움닫기의 강약, 폴을 잡은 그립의 위치나 손에 쥐는 법 등등. 그나마 100미터 달리기는 일단 뛸 수만 있으면 테스트가 가능하지만 폴 볼트는 다르다.

"이건 아닙니다. 하지 말죠. 잘못하면 다친단 말입니다!"

차라리 장대를 놓치거나 매트에 달려가 부딪히면 괜찮다. 어설프게 위로 솟구쳤다가 바닥에 떨어지기라도 한다면 큰일이다.

권종국의 이러한 우려는 충분히 이해가 되었고 그가 걱정하는 것도 알았다. 그러나 강산은 확실하게 실력을 보여야 할 이유가 있었다.

"높이는?"

"5.92미터 맞췄습니다."

체육교육과의 후배 몇이 나와 보조를 하고 있었다. 높이를 맞춘 그들의 눈빛에는 기대감이 어려 있었다.

그도 그럴 것이, 강산은 이미 학교에서 수많은 학생의 기대를 한 몸에 받고 있었다. 각종 대회에서 꼴찌를 면치 못하던 축구나 야구팀을 승리로 이끌었던 전적과 뛰어난 학업성적이 후배들로 하여금 맹목적인 믿음을 갖도록 만들었다.

지금의 일은 조금은 궤를 달리하는 것이었지만 그래도 강산이라면 할 수 있을 거라는 기대감 하나만큼은 다들 가지고 있었다.

"아, 미치겠네!"

자신의 머리카락을 마구 들쑤시던 권종국이 학생들을 불렀다.

"다들 매트 좀 더 가져와!"

"네?"

"매트 말이야, 매트! 가져와서 여기, 여기 깔고 저기도 깔아!"

말려도 들을 것 같지 않자 그가 직접 나서서 최대한의 안전을 확보하려 했다. 낙하할지도 모를 지점마다 학생들과 함께 매트를 깔았다.

"폴 이리 줘봐!"

그는 직접 폴을 손에 쥐었다.

"잘 봐. 상부 그립은 이렇게 잡고 엉덩이 높이에, 하부 그립은 이렇게 잡고 폴의 최초 각도는 70도 정도, 마지막 도움닫기 하면서 균형이 흐트러지지 않게 천천히 폴을 내리다가 폴 박스가 보이면……."

권종국은 강산에게 직접 자세와 주의할 사항을 알려주었다. 마지막 폴 박스에 폴을 꽂을 때까지의 과정을 하나하나 알려주며 신신당부했다.

"못 할 거 같으면 과감하게 폴을 놔. 괜히 붙잡고 있다가 손 다칠 수도 있으니까. 알았지?"

"네."

"할 수 있겠어?"

"할 수 있습니다."

"그래, 남자는 자신감이다. 좋아, 해봐."

잠깐 가르쳐 준다고 해서 될 거라고 생각지는 않았다. 그래도 자신감 넘치는 모습을 보니 은근히 기대는 되었다.

강산은 폴을 들고 자세를 잡았다. 권 감독이 가르쳐 준 대로 폴을 세우고 전방을 응시했다.

"자세는 좋아. 하지만 처음부터 넘겠다고 생각하지 말고 우선 도움닫기 거리랑 폴 박스에 꽂을 타이밍부터 재봐."

가볍게 고개를 끄덕여 주고 달리기 시작했다. 점점 가속을 붙이며 폴을 아래로 내렸다. 폴의 무게가 앞으로 쏠리며 약간의 속도가 더 붙는 순간, 강산은 폴 박스에 폴을 힘차게 꽂아 넣었다.

"어, 어, 어?"

거리를 재보라는 말을 무시했다는 사실은 이미 권종국의 뇌리에서 사라지고 없었다.

힘차게 휘는 폴, 그리고 그것이 위로 활짝 펼쳐질 때 강산의 발끝이 공중으로 솟구쳤다.

'이런.'

힘을 뺀다고 한 것이 너무 뺐나보다. 이대로라면 허벅지나 가슴이 크로스바에 걸리게 된다.

실패는 있을 수 없는 일이다.

강산은 내공을 움직여 몸을 가볍게 만들었다. 그리고는 폴을 잡고 있는 손에 힘을 주며 밀어냈다.

팡, 그의 몸이 푹신한 매트 위로 떨어졌다. 강산의 눈에 흔들림 없이 제자리에 있는 크로스바가 보였다.

"쉽네."

몸을 일으키니 넋이 나간 얼굴을 한 권종국 감독이 보였다.

"한국 신기록에 아시아 신기록까지… 이거 꿈 아니지?"

권 감독은 중얼거리며 자신의 허벅지를 꼬집었다. 아팠다. 무지하게 아팠다.

꿈이 아니었다.

*　　　*　　　*

신하윤은 강의가 끝나고 집으로 돌아가는 길이었다. 길을 걷는 그녀의 입에서 옅은 한숨이 흘러나왔다.

"산아."

대학에 들어오고 처음 1년간은 거의 붙어 다니다시피 했었다. 그러다가 이서경과 한지겸을 알게 되고 강산이 자취를 시작하면서부터 자주 보지 못하게 되었다.

서경 언니를 생각하면 참아야 했다. 보고 싶은 마음을 꾹 참고 열심히 공부하고 노력해야 한다. 언니와 엇비슷하게라도 동등한 지위를 갖기 위해서는 어쩔 수 없는 일이다.

그래도… 최근에는 너무 힘들었다.

리안과 엮이면서 한동안 만날 수 있었는데 이제는 다시 떨어져 지내다 보니 빈자리가 더욱 크게 느껴졌다.

연락해 볼까?

잠시 고민하던 하윤은 고개를 저었다.

대회 출전을 준비하느라 바쁘다고 들었다. 괜히 연락해서 신경 쓰게 하고 싶지는 않았다.

'언니만큼 나도 돕고 싶은데.'

이서경은 화이트 프로모션의 주인이다. 강산이 움직이는 데 있어서 많은 도움을 줄 수 있는 위치였다.

'부탁해 볼까?'

언니한테 부탁하면 도움이 될 방법이 있을 지도 몰랐다. 하다못해 잔심부름이라도 할 수도 있다.

그러나 그건 또 자존심이 상했다. 자존심 상한다는 생각을 하다 보니 이번에는 강산이 야속해진다.

"연락도 없고."

길가의 벤치에 앉은 하윤은 멍하니 하늘을 올려다봤다.

돌이켜 보니 강산이 먼저 연락한 적은 별로 없었다. 열 번 중에 두 번 정도? 그것도 연락하겠다고 약속했을 때나 그랬었다.

"씨이… 진짜 이러기야?"

갑자기 서글퍼졌다.

나 좋다는 사람도 꽤 됐었는데, 강산은 대체 걱정이나 하는 건지.

꿀꿀한 마음에 누군가라도 만날까 싶어 폰을 꺼냈다. 연락처를 뒤적이는데 보이는 이름도 몇 되지 않는다.

"동네북······."

동네북은 문대식이었다. 다른 애들한테는 그러지 않았지만 강산이나 자신한테는 자주 얻어맞아서 저장해 놓은 별명이다.

"바쁘겠지?"

국가대표 선발전을 준비한다니까 연락하기가 좀 그랬다. 하윤은 다시 목록을 살폈다.

"깐죽이."

눈치 없이 아무 말이나 하고 툭하면 깐죽거려서 지은 민수의 별명이었다.

"그래. 오랜만에 민수나 볼까?"

카이스트는 대전에 있다. 그래서 민수는 학교 생활관에서 지내며 이따금씩 서울 집에 올라오곤 했다.

오늘도 모처럼 주말을 맞아 서울에 올라가려는 중에 하윤이의 연락을 받게 되었다. 가끔씩 강산이나 대식이와는 연락했지만 하윤이의 연락은 정말 오랜만이었다.

"민수야."

"하윤아."

간만에 보는 하윤의 얼굴은 변함없이 아름다웠다. 겉으로 보기에는 청순가련형에 가까운 얼굴이랄까? 그 이면을 아는 친구들은 절대 거기에 속지 않지만 말이다.

"무슨 일 있어? 어쩐 일로 연락을 다 했어?"

"친구 사이에 연락하면 안 되냐?"

"보통 친구여야 말이지. 설마 스트레스 풀려고 한다든가, 그런 건 아니지?"

"스트레스?"

"너 짜증나고 열 받는 일 있으면 나랑 대식이 상대로 싸움 연습했잖아."

"야! 언제 적 얘기를!"

오늘도 스트레스라면 스트레스를 받은 셈이다. 그러나 그렇다고 해서 때리려고 부른 것은 아니었다.

"아니면 아니지 소리는… 그럼 뭐야. 강산이나 대식이도 안 부르고. 설마 나한테 고백하려, 윽!"

하윤이 테이블 아래로 정강이를 걷어찼다.

"크윽, 야! 스트레스 풀려는 거 아니라며!"

"말이 되는 소리를 해야지. 그리고 안 때린다고는 안 했다?"

"와아, 너 진짜."

한참 정강이를 문지르던 민수는 하윤이 입으로 쓰읍하는 소리를 내자 고개를 들었다.

"하하, 어쨌든 반갑다 친구야."

"반가우면 한잔 사."

"응?"

"오랜만에 봤으니까 한잔해야지."

"아니, 저기. 그럼 산이를 불러야……."

소꿉친구나 다름없는 사이였지만, 산이도 없는 자리에서 단둘이 술을 마시기는 좀 그랬다. 하지만 하윤이 도끼눈을 치켜뜨자 더 이상 토를 달수는 없었다.

"산이 얘기 하지 말고. 나 먹고 싶은 거 시킨다?"

"어, 그래."

어쩐지, 오늘 하루는 굉장히 피곤할 거 같은 느낌이 들기 시작했다.

"벨 눌러."

"응."

메뉴를 한차례 쓱 훑는 거 같더니 벌써 다 고른 모양이다. 민수는 시키는 대로 벨을 눌러 종업원을 불렀다.

"오뎅탕하고 케이준 치킨 샐러드 주시고요, 찬이슬 후레시 주세요."

"맥주 안 마시고?"

조금이라도 약한 술을 먹이고 싶은 마음에 권해보지만 돌아오는 건 냉소였다.

"오뎅탕에 맥주 마실까?"

뭔가 한심한 놈 쳐다보는 눈빛이다. 그런데 그 모습이 어딘가 부자연스러웠다.

'뭐야, 속상한 일 있나?'

아무리 민수가 눈치 없기로 일인자라지만 오랫동안 친하게 지낸 친구다. 그런 친구의 마음이 어떠한지는 척하면 척이었다.

"하윤아."

"왜."

"강산이랑 헤어졌니?"

하윤이 슬그머니 주먹을 쥐었다.

친구의 마음은 짐작하더라도 눈치 없는 것은 매한가지였다.

하지만 부른다고 달려와 준 친구다. 차마 주먹으로 무식하게 때릴 수는 없었다. 하윤은 수저통을 잡아 숟가락 하나를 꺼내들었다.

"니가 잠들어 있던 내 과거를 깨우는구나."

"어, 야. 잠깐, 말로 하자, 말… 아악!"

민수는 날아오는 숟가락을 양손을 교차하여 막아냈다.

딱, 딱, 딱!

"어쭈, 막아? 막아?"

"악! 야, 아파! 치사하게 뼈만 때리, 악!"

"살살 때렸는데 엄살은."

"아오, 너도 뼈 맞아봐. 아프다고."

민수는 손목에 툭 튀어나온 뼈를 문지르며 오만상을 찌푸렸다.

"더 때려줄까?"

"아니!"

민수는 재빠르게 몸을 뒤로 빼며 사정거리에서 벗어났다.

"오버는… 에휴, 됐다. 그만하자."

잠깐 투닥거린 정도로 마음이 조금은 편해졌다. 이렇게 편하게 만날 수 있는 사람이 몇이나 될까? 억지로 떠올리려 해봐도 대식이나 민수 외에는 딱히 떠오르지가 않았다.

"학교는 어때?"

"학교야 뭐."

민수는 대답을 하며 슬그머니 제자리로 돌아왔다. 살살 눈치를 보는 폼이 여차하면 도망칠 준비를 하고 있다. 얄미운 그 모습에 눈살을 찌푸렸지만 그뿐이다. 더 이상 때릴 마음은 들지 않았다.

"카이스트는 천재만 가는 곳이라며?"

"천재는 무슨. 그냥 공부벌레들이지 뭐."

"어쨌든 힘들지 않아?"

"별로 힘든 건 없는데?"

"왜 없어? 넌 천재도 아니고 공부벌레도 아니잖아."

"헐. 야, 신하윤."

"그것만이야? 눈치도 없지, 말도 가리지 않지. 혹시 학교에서 왕따 아냐? 왕따면 말만 해. 누나가 가서 혼내줄 테니까."

"됐네요. 너한테 혼날 사람들 불쌍해서라도 말 안 해야겠다."

"그럼 네가 대신 혼나든가."

"아, 진짜."

마침 술과 기본 안주가 나왔다. 민수는 소주 뚜껑을 열어 하윤의 잔에 따랐다.

"무슨 일이 있는지는 모르겠는데, 일단 한잔하자."

가볍게 잔을 부딪치고 소주를 마셨다. 쌉쌀한 그 맛이 속 깊은 곳까지 이어졌다.

"크으, 오랜만에 마시네."

민수는 학과 프로젝트 때문에 바빠 한동안 술은 입에도 대지 못했었다. 대충 마무리 단계에 접어들어서 올라온 참에 한 잔 마시는 셈인데, 나쁘지 않은 기분이었다.

더구나 다른 사람도 아니고 신하윤과 둘이서 마시는 술이라. 어쩐지 어깨에 힘이 들어갔다.

"그 웃음은 뭐냐."

"그냥."

"그냥?"

"강산이 외에는 너랑 둘이서 술 마신 사람은 나밖에 없을 거란 생각이 들어서."

"알면 잘해라."

"예, 예. 알아서 뫼시겠습니다요, 마님."

"마님은 나이 들어 보이잖아."

"아씨로 해줄까?"

"그게 낫네."

두 사람은 주거니 받거니 하며 이런저런 이야기를 나눴다. 학교에서 있었던 일, 서로 사귄 친구에 대한 이야기, 과거의 추억.

이야기를 하면 할수록 하윤은 괜히 울적해졌다. 그나마 민수는 몇번 연애도 해보고 다른 친구도 많이 사귀었는데 자신은 그런 적이 없었기 때문이다.

"야, 왜 그래?"

하윤의 표정이 심상치 않았는지, 민수가 잔을 내려놓으며 걱정스럽게 쳐다보았다.

"그냥."

"그냥은 무슨. 말해봐. 친구 좋다는 게 뭐냐?"

"그 친구가 말 많은 친구라면 문제지."

"헐, 날 못 믿어?"

못 믿는 건 아니다. 말은 많아도 해선 안 될 말이라면 입 밖에도 꺼내지 않는 게 민수였다. 그렇지 않았다면 신하윤도, 강산도 그와 가까이 지내지는 않았을 거였다.

"그냥, 그냥 그래."

"뭐가?"

"나 지금까지 산이만 보고 살았잖아."

"그랬지. 나랑도 안 놀아주고 둘이서만 죽이 맞아서. 내가 선생님한테 이르지 않았으면 지금처럼 얼굴 마주하고 술 마실 일도 없었을 거야."

하윤이 작게 웃음을 터트렸다.

"그래, 그랬겠지. 그런데 말이야. 요즘 산이가 나한테 너무 무심한 거 같아서."

"무심해? 뭐가?"

"연락도 잘 안 하고, 서경이 언니랑만 자주 만나고."

"그건 일 때문이잖아."

"알아, 나도 알지. 그런데 아무리 일이라고 해도 좀 그렇다."

"걱정하지 마. 강산이가 누구냐? 그 녀석 고집은 누구도 못 꺾어. 아, 부모님은 가능하시려나?"

"그거야 나도 알지."

"연락이야 원래 잘 안 하던 놈이잖아. 나나 대식이도 먼저 연락 받은 적은 손가락에 꼽을 정도다."

"그랬지."

민수는 하윤의 잔에 술을 따라주었다.

"그럼 걱정할 거 없잖아? 자자, 기분 풀어."

잔을 들고 또 다시 입안에 털어 넣는다.

산이와 하윤이는 남들이 쉽사리 끼어들지 못할 그런 것이 존재했다. 민수는 그것을 잘 알았다. 그도 대식이도 하윤이를 좋아했던 남자들이었고 친구였기에 더욱 확실히 느낄 수 있었다.

그건 일종의 유대감이었다. 마치 가족과도 같은 그런 보이지 않는 끈이 두 사람 사이에 존재했었다.

그 끈은 쉽사리 끊어질 성질의 것이 아니었다.

'그래서 포기했지.'

민수는 씁쓸한 미소를 지었다.

어렸을 때다. 어렸을 때는 얼마든지 좋아하고 마음을 줄 수도 있다. 시간이 지나면 언젠가는 기회가 있을 줄 알았는데, 그게 아니란 것을 깨달은 것은 고등학교 때였다.

고등학교에서 대입을 위해 공부를 시작했을 때 강산의 도움을 받은 적이 있었다. 스파르타식 수능 학원보다 지독하면 지독했지, 전혀 뒤처지지 않을 강도로 몰아붙였다.

그게 얼마나 무식한 방식이었는지는 나중에야 다른 친구

를 통해서 깨달을 수 있었다.

하루 3시간 자고 공부? 아니다. 강산과 할 때는 하루 1시간 잤다. 공부, 운동, 밥, 잠, 화장실. 노는 시간은 없다고 생각하면 됐다.

그 정도면 몸이 축나야 정상이었다. 그런데 이상하게도 자고 일어나면 오히려 개운하기만 했었다.

모든 것은 강산의 마사지 때문이었다.

잠을 자기 전에 매일 10분간 강산은 손수 마사지를 해주었다. 굉장히 아팠지만 마사지를 받았을 때와 받지 않았을 때의 차이는 확연했다.

그걸 어떻게 알았냐고? 나와 대식이는 한 번씩 도망을 쳐 봤거든.

강산의 마사지 효과가 아무리 뛰어나다고 해도 정신적인 피로는 어쩔 수 없었다. 한창 놀고 싶은 시기에 꼼짝 않고 앉아서 공부하는 일은 고문이나 마찬가지였었다.

하지만 하윤이는 단 한 번도 도망치지 않고 강산의 곁에서 묵묵히 견뎌냈다. 아니, 견뎠다는 표현은 어울리지 않았다. 하윤은 누구보다 행복해 보였었기 때문이다.

그 모습을 겪고 나서야 포기할 수 있었다. 민수도 대식이도 그저 좋아하는 친구로서 남을 수 있었다.

'강산.'

어쨌거나 강산은 묘한 구석이 있다. 예전부터 나이답지 않게 어른스러웠고 알 수 없는 카리스마가 느껴졌다. 종종 보이는 능력은 신비롭기까지 했다.

"김민수!"

"어?"

"무슨 생각하는데 내 말을 무시해?"

"아니. 잠깐 산이 좀 생각하느라. 뭐라고 했는데?"

"흐음."

하윤이 눈을 가늘게 뜨더니 이내 한숨을 내쉰다.

"산이랑 나. 어떻게 생각해?"

"두 사람? 잘 어울리는 한 쌍의 바퀴벌레… 라고 하기에는 좀 그런가?"

민수는 하윤의 따가운 눈초리에 말을 돌렸다.

하긴. 징그러울 정도의 애정 행각을 보여준 적은 없었다. 오히려 오빠와 동생, 아버지와 딸처럼 보인 적이 많았었다.

"내가 잘못하는 걸까?"

가끔 주변에서 그런다. 한 사람만 만나다 보면 나중에 후회할지도 모른다고. 그래도 다른 사람을 만나는 건 싫었다. 강산의 곁에서 느끼는 안락함은 누구에게도 느껴지지 않았다.

"글쎄."

민수는 그녀가 잘못하고 있다는 생각은 들지 않았다. 그저 일찍 좋은 사람을 만났고 거기에 익숙해졌을 뿐이다.

많은 사람을 만나보는 것도 좋다. 하지만 제대로 된 사람을 만나지 못하면 그것도 사람을 지치게 만든다. 자신이 그런 상황이기도 했다.

어떤 여자를 만나도 하윤이와 비교가 됐다. 폭력적이고 괴롭히고를 떠나서 그녀는 아름다웠고 시원시원한 성격에 강산의 일만 아니라면 뒤끝도 없다.

어떻게 보면 집착이라고까지 할 정도였지만, 그래도 이 남자, 저 남자 만나며 계산하는 여자에 비할 바는 아니었다.

"넌 산이를 어떻게 생각하는데?"

"응?"

술기운에 벌게진 얼굴이 더 붉게 물들었다. 하윤이는 아직도 강산을 생각하면 저리 좋아하고 있었다.

"야, 무슨 사람 염장 지르는 것도 아니고."

"뭐라고?"

"그렇게 좋으면서 뭐가 문젠데? 내가 알기로 산이도 너 많이 좋아하던데. 그러면 된 거 아니야?"

"하지만 산이는……."

민수는 소주를 입안에 털어 넣었다. 쌉쌀한 소주의 뒷맛이 뱃속까지 쓸고 지나갔다.

"이서경 이사를 걱정하는 거냐? 그러지 마라. 그럴 필요 없다. 강산이 그 녀석은 말이야, 욕심이 많아. 자기 사람이라면 절대 손에서 안 놓을 녀석이야."

가족이나 친구가 관련된 일은 무섭도록 챙기는 강산이다. 예전에는 그냥 그러려니 했는데 머리가 좀 크고 나서 생각해 보니 단순히 가족과 친구라서가 아니었다.

일례로 물질적인 것에는 욕심이 없었다. 강산이 가진 것 중에서 어지간한 건 달라고 하면 쉽게 빌려주거나 줬고, 물건을 잃어버려도 크게 신경 쓰지 않는 녀석이었다.

'돈 주고 살 수 있는 것과 없는 것이겠지.'

가족과 친구는 돈 주고 살 수 없는 것이다. 물건과는 전혀 가치가 달랐고 그 경계는 확실하게 그어져 있었다.

돈으로 살 수 있는 친구?

강산의 그런 성향을 알고 가까이 다가오려 했던 녀석은 금방 나가떨어졌다. 기이하게도 강산은 그런 녀석들에 대해서는 기가 막힐 정도로 냄새를 잘 맡았고 일단 확신이 들면 과감하게 쳐냈다.

쳐내는 방법도 간단했다. 챔피언 체육관에 등록시키고 대식이와 스파링을 붙여 버렸다. 대식이네 돈도 벌게 해주고 대식이 스트레스도 풀게 해주는 치밀한 녀석이었다.

"욕심과 현실은 다르잖아."

"현실?"

"그래. 아무리 강산이 날 좋아해도 결혼은 현실이야. 서경 언니만 한 배우자감이 어디 있어? 배경 좋지, 머리 좋지, 예쁘지. 내가 내세울 건 나이하고 외모밖에 없잖아."

"헐, 지 예쁜 건 아는구나. 그런데 그렇게 말하면 안 부끄럽냐?"

"왜? 사실인데."

"잘났다."

산이와 하윤이가 잘 어울린다는 생각이 들 때가 이럴 때였다. 어째 두 녀석은 부끄러운 줄을 모른다.

"내가 아는 현실은 이거야."

민수는 잔을 채우며 말했다.

"두 사람이 다 마음에 들면 강산 그놈은 아프리카로 갈 녀석이다."

"아프리카라니?"

"일부다처제 국가를 찾아서."

"뭐라고!"

도끼눈을 뜨거나 말거나. 민수는 소주를 들이켰다.

매우 썼다.

"잘 생각해 봐. 그 녀석이라면 그러고도 남을 놈이다."

문제가 있으면 어떻게든 해결하고야 마는 성격, 그것도 자신에게 가장 좋은 형태로 만들어내는 것이 강산이었다.

"아니야."

"뭐?"

"강산이라면 절대 그러지 않아."

"야, 그 녀석 그러고도 남을 놈이라니까?"

하윤은 고개를 저으며 민수를 비웃었다.

"네가 아직 잘 모르는구나."

"뭘?"

"산이는 그럴 바에야 나한테 말하고 셋이 같이 살자고 할
걸?"

어라… 그 방법이 있었네.

이서경이 어떻게 생각할지 모르겠지만, 하윤이와 강산이
라면 남 눈치 보지 않을 녀석들이니 그럴지도 모르겠다.

"와, 니들 바퀴벌레 맞다. 그래서? 넌 허락할 거냐?"

"글쎄."

아직은 모르겠다. 뭐라고 장담할 수가 없었다. 자신이 허
락하지 않는다고 말을 들을 강산도 아니었다.

하윤은 잔을 들었다.

"마셔."

민수는 가만히 그녀의 얼굴을 바라보다가 잔을 들었다.

"그래, 마시자."

　　　　　　　*　　　*　　　*

　전국종별 육상선수권대회가 열렸다.

　안산의 스타디움에 도착한 강산은 트랙에 서서 몸을 풀며
자신의 차례를 기다렸다.

　"달려! 새끼야! 포기하지 말고!"

　"죽겠다는 각오로 달려!"

　스타디움은 감독과 코치의 독려 소리와 가뭄에 콩 난 것처
럼 드문드문 보이는 관중들의 환호 외에는 안내 방송이 전부
였다.

　'썰렁하네.'

　당연한 일이었다. 스타플레이어가 나타나거나 국제무대에
서 뛰어난 성적을 내지 않는 이상 대중의 관심을 끌 수 없는
것이 대한민국 스포츠 산업의 문제라고 할 수 있었다.

　엘리트 스포츠의 형태를 취하고 있는 대한민국 체육계는
소수의 뛰어난 선수에게 집중해서 투자하는 방식이다.

　학교, 직장, 사회의 각종 지원을 받아 선수 생활을 보장해
주는 엘리트 스포츠는 국제대회에서의 메달 획득을 위해서는
최선이라 할 수 있을 것이다.

　그러나 이러한 형태는 대중의 꾸준한 관심을 끌 수는 없었

다. 경기에 대해서 이해하지도 못하고 그저 반짝 떠오르는 스타에 이끌려 온 대중은, 결국 그 스타 이후에 또 다른 스타가 나오지 않는 이상 관심이 식을 수밖에 없다.

하지만 국민들이 누구나 참여하고 경험해 볼 수 있는 생활 체육이 활성화된다면 달라진다.

자신이 하는 종목에 대해서는 관심이 생길 것이고 그 종목에서 마음에 드는 선수가 있다면 열심히 응원하고 후원하게 될 것이다.

물론 이렇게 되기까지는 수많은 난관이 있다. 전국적으로 스포츠 기반 시설도 확충해야 하고 사람들의 참여도 이끌어 내야 한다.

"제자리에."

강산은 신호원의 구령에 따라 스타팅 블록에 두 발을 대며 자세를 취했다.

'내가 상관할 바는 아니지.'

품안에 들어온 새는 보살펴 준다. 그러나 품에서 떠나거나 애당초 들어오지도 않은 새는 포식자의 먹이가 되어도 상관하지 않는다.

그런 것을 모두 신경을 쓸 정도로 관대한 성격은 아니다. 아주 약간, 상대방의 입장을 생각하게 된 것만으로도 많은 아량을 베풀고 있는 그였다.

"차려!"

타앙—

8명의 선수가 일제히 뛰쳐나갔다. 그중 선두로 치고 나오는 것은 5번 레인의 강산과 2번 레인의 선수였다.

'쟤보다 빠르면 되겠지.'

강산은 자신을 제외한 선수 중에 1등보다만 빠르게 들어오면 된다고 생각했다. 그렇다고 너무 격차가 나도 안 되기에 대략 1미터 정도의 차이를 뒀다.

2번 레인의 선수는 예선에서 크게 힘을 뺄 생각이 없었다. 비공인 10초 19의 기록을 가진 그였고 출전 직전 마지막 체크에서 10초 21의 기록을 세웠다.

대체적으로 11초대, 10초 후반대의 기록을 가진 선수들 사이에서 적당히 달려도 예선은 통과할 그였기에 적당히 달리려 했었다.

'저거 뭐야?'

하지만 자신의 앞에 달리는 녀석 때문에 전력을 다하게 되었다.

듣기로 5번 레인의 선수는 별다른 기록도 없고 이번 대회 출전이 처음이라고 했다. 그런 선수가 앞서 달리자 그도 가만히 있을 수가 없었다.

이를 악물고 달렸다. 어떻게든 격차를 줄이려고 했다. 그래도 앞의 선수는 같은 거리를 유지했다. 그것은 결승점을 통과할 때까지도 변하지 않았다.

"하아, 하아."

얼결에 심장이 터질 것처럼 전력을 다해 달린 2번 선수는 숨을 고르며 강산을 바라보았다. 어디서 저런 놈이 튀어나왔는지 알 수 없다는 눈초리다.

그의 눈이 이번에는 전광판으로 향했다.

10초 20.

한국 신기록을 0.03초 단축시켰다. 분명히 기뻐할 만한 일이지만, 1위를 한 강산의 기록에는 비할 바가 아니었다.

9초 99.

─알려드립니다. 100미터 예선 2조 경기에서 한국 신기록이 나왔습니다. 대하 중공업의 강산 선수가 9초 99로 한국 신기록을 수립했습니다.

와아아─!

드문드문 스타디움에 있던 사람들이 일제히 일어나 환호성을 내질렀다. 10초대에 머물던 한국 신기록이 드디어 9초의 벽을 넘은 것이다.

강산에게 사람들의 이목이 집중되기 시작했다. 그리고 강산이 100m 결승에서 9초 90의 기록을 세우자 곧바로 기자들이 특종을 쏟아냈다.

그러나 일은 거기서 끝이 아니었다.

"1차에 5.65미터로 하신다고요?"

권종국은 어처구니없다는 표정의 진행 요원을 향해 웃어 주었다.

"1차에 5.65, 2차에 5.75, 3차에 5.95요. 뭐 문제 있습니까?"

"아뇨. 문제는 없습니다만. 확실하신 건가 해서요."

신청은 마음대로 할 수 있다. 그러나 문제는 신청한 높이였다.

5.65m는 한국 신기록이다. 마지막에 5.95m는 아시아 신기록을 넘는 높이다. 진행 요원은 이게 가능하냐는 눈초리였다.

"허, 참. 언제부터 신청 높이에 신경 썼습니까? 댁 일이나 하쇼."

이쯤 되자 기분이 나빠진 권종국의 말투가 고울 리 없었다. 진행 요원은 더 이상 말하지 않고 신청한 높이 대로 기록지에 기입했다.

'이것들이, 일단 경기 끝나고 보자.'

결과를 보기도 전에 무시부터 하는 인간들이 많다. 그런 인간들의 입을 다물게 하려면 보여주는 게 최선이다.

"권 감독님."

벌써 냄새를 맡았는지 주변에서 알짱거리던 기자 하나가 다가왔다.

"폴 볼트에도 출전하신다면서요?"

"누가요? 내가?"

"하하, 감독님도 참. 강산 선수 말입니다."

"네. 나갑니다."

"그런데 신청하신 높이가……."

"아, 결과를 보면 알 거 아닙니까?"

신경질적으로 대꾸한 권종국이 강산이 있는 곳으로 향했다.

"감독님!"

기자는 기가 막혔다. 기자한테 잘 보여도 모자랄 판국에 저런 식으로 행동하다니.

"그렇단 말이지?"

그는 그 자리에서 태블릿을 꺼내 기사를 작성했다.

100미터 한국 신기록을 갈아치운 새로운 신성, '육상 별 거 아니에요!'

100m 단거리 한국 신기록을 9초대로 끌어올린 강산 선수가 또 다른 도전을 한다. 장대높이뛰기에서도 신기록을 수집하겠다는 의지를

보인 것이다.

분명 그런 패기와 도전 정신은 높이 사줄 만하다.

하지만 가능할까?

강산이란 선수에 대한 기록을 보자면 육상에서는 전무하다시피 하다. 그는 아마추어 복서였을 뿐이다.

물론 복싱 성적은 좋았다. 전국 대회에서도 우승했고 뛰어난 운동 신경을 가졌다는 것은 인정한다.

그러나 복싱과 육상은 다르다. 그는 복싱의 영광에 취해서 올림픽의 꽃이라고 불리는 육상 종목까지 우습게 생각하고 있다.

그가 장대높이뛰기에서 신청한 높이는 한국 신기록과 아시아 신기록을 넘는 높이다. 이는 과욕이다. 차분하게 낮은 높이부터 도전해도 모자랄 판국에 이 무슨 욕심일까?

육상 선수로 등록하고 한 번도 대회에 출전하지 않은 그가, 육상에서 오랜 시간 구슬땀을 흘려온 선수조차 하지 않는 행동을 하는 것은 어쩌면 먹튀 논란에 휩싸일 수도 있는 일이다.

이미 백 미터 한국 신기록으로 관심을 끈 그가 장대높이뛰기까지 도전한다고 하면 많은 이가 응원과 관심을 보낼 것이다.

그러나 그래서는 안 된다. 현대의 스포츠는 한 종목에만 집중해야 하는 전문 스포츠다. 강산 선수의 이러한 행동은 짧은 시간에 누릴 것은 누리고 이후는 생각하지 않는 근시안적인 행……

기자는 기사를 쓰고 회심의 미소를 지었다. 이 정도면 생각보다 괜찮은 반응을 끌 수 있을 거였다.

"좀 더 수위를 높여봐?"

그의 손이 다시 움직이기 시작했다.

*　　　*　　　*

100m 단거리 9초 90 아시아 신기록 공인.

장대높이뛰기 5.95m 아시아 신기록 공인.

전국종별 육상선수권대회에서 강산이 새운 기록이다.

온, 오프를 가리지 않고 많은 매체가 그에 대해 찬사를 쏟아냈다. 기록도 기록이지만 이서경이 적극적으로 움직인 결과였다.

"이 기사 올린 사람 누구예요?"

이서경은 기자 하나가 악의를 담고 올린 기사를 보았다. 강산을 건방지고 싸가지 없는 선수로 보게 만들기에 충분한 기사였다.

하지만 기자는 한 가지를 모르고 있었다.

―나, 저 선수 안다. 내 단골 가게 알바였지. 서비스 죽이고 얼마나 친절한 사람인데.

─어? 그 강산 맞아? 대박! 나 저 사람이랑 사진도 찍었는데!

─위에 님. 인증 좀.

─나도 강산 선수 알아요. 기레기께서 인터뷰를 거절당하셨나 봅니다.

─먹고 살기 힘들지? 깔 사람을 까라.

─성지 순례 왔어요.

─기자 차였냐?

강산은 하우스펍의 유명한 알바였다. 그에 대한 기사가 올라오자 하우스펍을 좋아했던 사람의 댓글이 줄줄이 달리고 있었다.

기사를 올린 기자는 본래부터 이런 쪽으로 소문이 좋지 않은 자였다.

그냥 둬도 상관없는 상황이었으나 장경배는 대하그룹 계열사와 실업팀 관련부서에서 발급해 준 그 기자의 출입증을 전부 취소시켜 버렸다.

"이미 조치해 두었습니다."

이서경은 자세한 내용은 묻지 않았다. 장경배 본부장의 일 처리야 확실한 사람이었으니까.

"체육 시설의 허가는 어떻게 됐죠?"

"지자체 쪽에서는 적극 찬성하고 있습니다. 인허가에 대한

부분도 최대한 빨리 처리해 주겠다더군요."

강산의 능력이라면 스포츠 스타가 되는 것은 쉬웠다. 그러나 그 정도로 만족할 수는 없었다.

단순히 실력이 뛰어나고 돈 많이 버는 스포츠 스타가 아니라 존경받는 스타로 만들고 싶었다.

중원에서 강산은 수많은 무림인의 경외를 한 몸에 받았다. 경외는 단순히 우러르기만 하는 감정이 아니다. 공경하면서도 두려워하는 것이 바로 경외였다.

하지만 그 결과는 좋지 않았다. 이빨 빠진 호랑이가 되자 무림인들은 칼을 뽑고 달려들었다.

현대 사회에서는 그럴 일은 없을 것이다. 그러나 차라리 칼을 겨누는 것이 나을 정도로 사회적으로 매도당하는 일은 허다했다.

받은 만큼 베푸는 모습. 이서경은 강산의 그런 모습을 만들기 위해 전국에 생활체육시설의 확충 사업을 추진하고 있었다.

"조만간 전속 계약을 준비해 주세요."

"네? 하지만 이사님. 그건 너무 이르지 않겠습니까?"

이서경은 강산에게 대하그룹의 전속 모델을 제안할 생각이었다.

그녀는 확신했고 확신할 수밖에 없었다.

"두고 보세요. 세계는 강산 씨를 최고로 인정할 겁니다."

세계에서 가장 빠른 사람, 세계에서 가장 높이 뛰는 사람, 세계에서 가장 강한 사람.

그렇게 될 날이 멀지 않았다. 그전에 준비할 것이 많은 이서경이었다.

대하전자 복싱 실업팀 독천.

독천의 간판 복서는 우철이었다.

코리안 핏불이라 불리는 우철은 그동안 재미가 없었다. 링위에서 상대를 쓰러트리는 것도 한두 번이지, 올림픽에서 금메달까지 딴 후부터는 즐겁지가 않았다.

그는 프로 무대로 나가고 싶었다.

하지만 국내 프로 무대는 시시했다. 오히려 아마추어 쪽에 뛰어난 기량을 가진 선수가 많았다. 무엇보다도 강산, 그 녀석이 아직 아마추어 출신이었다.

'언제 돌아오는 거냐.'

대회가 끝나고 각종 경기에 꾸준히 출전했지만, 어디서도 강산은 볼 수 없었다. 맛집을 찾는 취미도 없는 그는 강산이 아르바이트를 하고 있다는 정보도 접하지 못했다.

그래도 그는 기다렸다. 강산, 그 녀석은 꼭 돌아올 거란 느낌이 있었기 때문이다.

"자, 자. 주목!"

감독이 선수들을 불러 모았다. 각자 훈련하고 있던 선수들이 감독의 앞에 모였다.

"오늘은 중대한 발표가 있겠다."

우철은 중대한 발표라는 말에도 시큰둥했다. 그의 머릿속에는 한 번 떠오른 강산에 대한 생각으로 가득 차 있었다.

하지만 감독의 입에서 나온 말은 그조차도 무시할 수 없는 이야기였다.

"오늘부로 독천은 해산한다."

해산? 이게 무슨 뚱딴지같은 소리지?

독천의 성적은 타 실업팀에 비할 바가 아니었다. 특히 우철을 비롯한 네 명의 선수는 각자의 체급에서 챔피언이나 다름없었다.

최고의 성적을 구가하고 있는 팀의 해산은 이해하기 힘든 일이었다.

"그게 무슨 말입니까? 해산이라니?"

나름대로 훌륭한 연봉을 받으며 일하고 있는 직장이다. 전장을 떠나온 그에게 이곳만큼 맞는 직장은 없었다.

"내 얘기 아직 안 끝났다."

감독의 날카로운 눈빛이 선수들을 한차례 훑었다.

우철은 감독의 눈초리에 등골이 오싹했다. 평소에는 훈련장에 잘 나타나지도 않는 감독이다. 하지만 이따금씩 나타날 때면 확실한 존재감을 과시하곤 했다.

'정체가 뭐냐.'

평범한 감독은 아닐 것이다. 이전에 뭘 했는지 알아보려고 해도 아무것도 나오지 않던 사람이다.

그 감독이 천천히 말했다.

"실업팀은 해산한다."

실업팀 해산?

"앞으로 독천은 화이트 프로모션 소속의 프로 복싱팀으로 전향한다."

"그게 무슨……."

아마추어에서 프로팀으로 바꾼다니, 이게 무슨 말인가 싶었다. 선수 개인도 아니고 팀 전체가 그러는 것은 들어본 적도 없는 일이었다.

그보다 그럴 수 있다고 쳐도, 프로로 전향하면 강산과의 승부는 어쩌란 말인가?

그런데 감독의 말은 아직 끝난 것이 아니었다.

"그리고 새로운 식구로 강산 선수가 영입될 거다."

"강산? 정말입니까?"

감독이 의미심장한 눈빛으로 우철을 바라보았다.

"그래. 네가 기다리던 선수다."

7장
중원의 그림자

이서경은 강산을 위해서 많은 것을 준비해 왔다. 독천도 그 중의 하나였다.

독천에 소속된 복서는 총 4명이다.

웰터급 우철, 라이트급 정상진, 미들급 곽명호, 슈퍼헤비급 최혁. 이들 4명은 이미 아시안 게임이나 올림픽에서 금메달을 딴 복서들이었다.

이들이 이처럼 뛰어난 성적을 낼 수 있었던 이유, 그것은 바로 이서경이 이들에게 무공을 가르쳤기 때문이다.

그녀가 가르친 무공은 동공이었다. 동공은 몸을 움직임으로써 자연스레 기의 수발을 일어나게 하는 신체단련법으로 현대의 태극권도 동공의 일종이었다.

하지만 이서경이 가르친 것은 태극권보다 한 차원 높은 수준의 동공이었다. 그로 인해 이들의 육체에는 5년 남짓한 내공이 쌓여 있었다.

5년 내공이라면 대단한 수준이긴 했다. 물론 어디까지나 현대 사회의 기준에서 보았을 때다.

반평생을 전장에서 살아온 장경배가 1개월 정도의 내공을 지니고 있었다. 그에 비하면 엄청난 양이지만 중원으로 치자면 3류 무인조차 될 수 없는 수준이었다.

3류 무인이라 불리려면 10년 이상의 내공은 기본이요, 외부로 기를 뿜을 수는 없어도 자신의 신체에는 자신의 뜻대로 기를 운용할 수 있어야 했다.

기를 신체에서 벗어나 무기에 담을 수 있게 된다면 2류, 무기를 넘어 외부로 발출하여 상대를 타격할 수 있다면 1류로 친다.

그 기준으로 본다면 이들은 10년 내공을 쌓게 되어도 3류 무인조차 되지 못한다. 이 내공을 자신의 의지대로 자유자재로 움직이는 방법은 모르기 때문이다.

그렇다고 해도 내공이 있는 것과 없는 것의 차이는 크다. 확실히 독천의 선수들은 움직임이며 체력 면에서 일반 운동

선수에 비해 독보적이었다.

"반푼이들이군."

이서경의 설명을 들은 강산이 내린 결론이었다. 얼핏 농담 같지만 이서경은 마냥 웃을 수 없었다.

"미안해."

그녀가 사과하는 이유는 이전에 강산이 중원의 무공은 현대에 있어선 안 된다는 이야기를 했었기 때문이다.

물론 제대로 무공을 전수한 것은 아니었다. 그녀가 가르친 동공은 그 자체로 내공의 축적을 돕지만, 그걸 제대로 이용하는 초식이나 운용법은 가르치지 않았었다.

독천의 선수들은 그저 신체를 더욱 단련해 주는 체조 정도로만 여기고 있었다.

"난 단지 조금이라도 네가 지루하지 않게 해주려고 했을 뿐이야."

반푼이 무인이라도 내공이 있는 자를 상대하는 것과 평범한 자를 상대하는 것은 차이가 있었다. 이서경은 적어도 이들을 상대하는 강산이 기분이라도 내길 바랐을 뿐이었다.

"녀석들이 알면 억울하겠어."

독천의 복서들이 알면 허탈함을 넘어 해탈할지도 모를 일이다. 단지 강산의 즐거움을 위한 장난감 정도의 취급을 받은 셈이니까.

"그래도 평생 건강에 대한 걱정은 안 해도 되잖아?"

은퇴한 격투기 선수들은 대게 후유증에 의한 장애를 겪곤 한다. 그에 비한다면 이들 독천의 선수들은 앞으로 감기 한 번 걸리지 않을 건강을 손에 넣은 셈이다.

이서경은 그 부분에 있어선 양심에 거리낄 것이 없었다.

선수들에겐 기연이라면 기연이랄 수 있었다. 반쪽이라지 만 이서경과 같은 고수의 가르침을 받았으니까.

'어쩐다.'

강산은 고민이 되었다.

무공이 퍼지면 사회에 미칠 영향이 걱정되어서는 아니었 다. 되도록 중원 무림과 같은 세계가 형성되지 않기를 바라지 만, 그렇게 되어도 상관은 없었다.

무공을 배운다고 쉽게 고수가 되는 것도 아니었고 자신에 비할 만한 고수는 그가 죽을 때까지 나오지 않을 가능성이 압 도적이었다.

그런 상황에서 하류무공 몇 개쯤이야 풀어도 대수는 아닐 것이다. 그러나 그렇게 된다면 그가 불안했다.

분에 넘치는 힘을 가지게 된 녀석들이 무슨 짓을 저지를지 모른다. 그러다가 그의 가족이나 주변인에게 해를 끼치게 될 수도 있었다.

"여기까지야. 우리가 알고 있는 무공은 무덤까지 가져가야 한다."

이서경이 가르친 동공 정도는 괜찮았다. 세상에 널리 알려진 태극권도 그 요체는 빠진 간소화한 태극권으로 전체 초식을 간결하게 줄인 보급형이라 할 수 있었다.

그녀가 더 이상 가르치지 않고 도움을 주지 않는다면 독천의 선수들은 벽을 넘지 못할 것이다. 혼자 벽을 넘으려 하다간 십중팔구는 주화입마에 빠져 낭패를 면치 못할 것이고.

"알았어. 더 이상은 가르치지 않을게. 그런데 산아."

분위기가 심상치 않았다. 아무래도 뭔가 더 있는 모양이었다.

"말해봐."

"그게… 사실 내가 직접적으로 가르친 사람이 한 명 있거든."

"누구?"

"그게 독천의 감독인데. 이형설이라고."

이서경은 어린 시절부터 뛰어난 모습을 보여 왔다. 그래서 그녀의 아버지는 그녀의 경호에 매우 신경을 썼었다.

하지만 이서경은 이미 성인의 정신을 가지고 있던 상태, 게다가 뛰어난 고수인지라 아버지의 그런 과한 보호가 매우 귀찮았다.

그녀 또한 한 번의 회귀를 했었기에 강산을 빨리 찾고자 하는 마음이 컸을 때였다. 강산의 앞에 설 자신은 없었지만 먼발치에서나마 보고 싶은 마음에 경호원까지 따돌리고 집을 나선 적이 있었다.

당시의 이서경은 삼류를 밑도는 무공 수위를 가지고 있었다. 그래도 별로 걱정은 없었다. 그 정도라도 평범한 사람밖에 없는 이 세상에서 자신을 위협하는 일은 없을 거라 여겼었다.

이형설은 그때의 경호원이었다. 그는 이서경이 사라진 것을 알자마자 곧바로 뒤를 쫓기 시작했다.

아버지가 특별히 고른 인재였던 만큼 그의 판단은 정확하고 빨랐다. 이유는 알 수 없었지만 평소 그녀가 신경 쓰던 지역이 있었다. 바로 강산이 살던 지역이었는데 그는 그곳을 떠올리고는 곧바로 그 지역으로 향했다.

얼마나 헤맸을까?

이형설은 그녀를 발견했다. 대로를 거닐고 있던 그녀가 어딘가에 정신이 팔려 있었고 그녀를 향해 택배 트럭 한 대가 달려오는 것이 보였다.

당시 이서경은 강산을 발견했었다. 그를 보자 머릿속이 하얘지며 아무것도 떠오르지 않았었다.

그렇다고 해서 그녀가 다가오는 트럭을 눈치채지 못한 것은 아니었다. 다만 얼마든지 피할 수 있었기에 신경을 쓰지 않았던 것뿐이었다.

하지만 다른 사람이 볼 때는 달랐다. 이형설은 그녀가 위험하다고 판단했고 미친 듯이 달려 그녀를 구하고자 몸을 날렸다.

그러나 이미 그 자리에는 그녀가 없었다. 간발의 차이로 몸을 피한 것이었다. 거기에 놀라 주춤한 이형설은 그 약간의 머뭇거림으로 인해 트럭에 치이고 말았었다.

병원으로 옮겨진 그의 상태는 심각했다. 척추가 손상되어 하반신 마비로 불구의 몸이 된 것이다.

"어쩔 수가 없었어. 그래도 날 구하겠다고 목숨을 걸었던 사람인데."

그를 다시 찾은 것은 이서경이 막 스포츠 쪽에 손을 쓰기 시작할 무렵이었다. 이형설은 불구가 된 몸으로도 포기하지 않고 치료를 받고 있었다.

그리고 무엇보다도 그는 이서경을 탓하지 않았다. 그녀가 무사한 사실만을 다행으로 여기고 있었다.

그래서였다. 이형설을 정식으로 고용하고 치료를 빌미로 무공을 가르치지 시작한 것은.

강산은 그녀의 말을 듣고 고개를 끄덕였다.

"실망이야."

"강산아……."

"그걸 구구절절이 다 설명할 정도로 날 못 믿었어?"

"응?"

"간단하잖아. 날 구해주다 다쳤어. 그래서 무공을 가르쳐
줬어. 이러면 내가 이해 못 해줄 줄 알았어?"

"아……."

강산이 손을 뻗어 이서경의 어깨를 감싸주었다.

"은혜는 갚지 못할망정, 잊지는 않는다."

잊지 않고 있으면 언젠가는 갚을 날도 오는 것이다. 강산은
그렇게 살아왔고 그 곁에 있던 이서경과 한지겸은 무엇보다
도 그걸 잘 알고 있었다.

물론 원한은 그렇지 않다. 오히려 백배천배로 갚는 것이 강
산, 중원의 독행마 진천이었다.

"잘했어."

이서경의 눈가가 촉촉하게 젖어들었다.

*   *   *

독천의 체육관 시설은 대하 전자의 실업팀답게 훌륭했다.
최신 트레이닝 설비부터 각종 측정 장비까지 모든 것이 갖춰

져 있었다.

체육관에는 미리 연락을 받았는지 우철을 비롯한 네 명의 선수와 감독이 모두 나와 있었다.

"오셨습니까."

40대의 남자, 이형설은 이서경을 향해 정중하게 고개를 숙였다. 너무 과하다는 그녀의 만류에도 항상 깍듯하게 대하는 그였다.

"오랜만이에요. 그동안 별일 없으셨죠?"

"이사님 덕분에 아무런 문제도 불편도 없었습니다."

이서경에게 설명을 듣지 않았다면 엄청난 아부쟁이라고 생각했을 정도로 이형설의 말과 행동은 예의에 차고 넘쳤다.

"이 선수가 강산입니까?"

"네. 산아, 이분이 이형설 감독님."

"안녕하세요."

"반갑다. 앞으로 잘해보자."

가볍게 악수를 한 이형설은 뒤이어 다른 선수들을 소개해 주었다.

"라이트급의 정상진 선수다."

군살 하나 없는 날렵한 몸매의 남자였다. 약간 신경질적인 인상의 그는 날카로운 눈으로 강산을 훑어보았다.

"미들급의 곽명호."

탄탄한 근육질의 곽명호는 뜨고 있는 건지 구분이 가지 않을 정도로 눈이 작은 남자였다.

"슈퍼헤비급의 최혁."

마치 산 하나가 버티고 있는 듯한 느낌을 주는 복서였다. 얼굴 생김새도 우락부락한 것이 산에서 마주치면 산적이라 오해할 법한 인상이었다.

"그리고 우철. 두 사람은 구면이지?"

우철이 손을 내밀었다. 강산이 마주 잡자 그가 살벌하게 웃었다.

"드디어 돌아왔구나."

그날만 생각하면 온몸이 떨렸다. 무기력하게 난타당해야 했던 챔피언전의 무체급 결승전. 어떻게든 그 치욕을 갚아야만 했다.

"눈에 힘 빼라."

"뭐?"

강산은 우철을 무시하고 메고 있던 가방에서 밴드와 글러브를 꺼냈다.

"감독님. 온 김에 테스트 좀 해봐도 되겠죠?"

"테스트?"

"전 독천을 세계 최고의 프로 복싱팀으로 만들 생각입니다. 그러자면 다들 어느 정도 실력이 되는지 확인해야 할 거 같아서요."

황당한 말이었다. 독천의 복서들은 지금까지 그 기량을 각
종 대회에서 검증받은 이들이었다. 당장 국제 대회에 나가도
각 체급별 챔피언에도 오를 수 있을 거라는 평을 듣는 복서들
이었다.

그런데 그런 그들을 상대로 테스트 운운하다니. 그것도 최
근까지 정식 대회에도 나가지 않았던 사람이 말이다.

"건방진 새끼."

아까부터 강산을 노려보던 정상진이 욕설을 뱉더니 감독
의 말도 듣지 않고 링 위로 올라갔다.

"올라와. 신고식 제대로 해주지."

그는 처음부터 강산이란 녀석이 마음에 들지 않았었다.

이전부터 프로로 나가고 싶다고 그렇게 말해도 듣지 않던
감독과 이서경 이사가 그의 합류와 함께 프로 복싱으로 바꿨
다는 사실에 짜증이 났었다.

지금까지 충분한 성적을 내오던 자신들보다 저딴 녀석이
더 믿음직하단 말인가?

눈살을 찌푸리고 상황을 지켜보던 이형설이 이서경을 바
라보았다. 평소라면 그가 알아서 판단했겠지만 오늘은 상급
자인 그녀가 있어 화를 참고 묻는 것이다.

"우습게 생각하다간 큰 코 다칠 걸요. 그렇지 않아요, 우

철 씨?"

우철은 강산이 글러브를 꺼내는 순간부터 잔뜩 흥분한 상태였다. 이미 손에 밴드도 새롭게 감고 있었다.

직접 붙어본 그는 알고 있었다. 강산은 여느 평범한 사람들과는 궤를 달리하는 무언가가 있다는 것을. 그래서 그렇게나 그와 다시 붙어보고 싶었던 것이었다.

"강산. 네 실력은 인정한다. 그러나 우릴 무시했다가는 걸어서 내려오지 못할 거야."

하지만 지금까지 땀을 흘려온 시간만큼이나 자신이 있었다. 오늘은 그때와는 다른 결과가 나올 것이다.

우철은 그렇게 믿었다.

"이서경 이사님. 괜찮겠습니까?"

이형설은 다시 한 번 확인했다. 선수들이 원한다고 해도 문제가 발생할 여지는 있었다. 그것을 이서경이 고려하게끔 재차 묻는 것이었다.

그러나 이서경의 대답은 일말의 망설임도 없었다.

"의자 없나요? 앉아서 보게."

퍼억!

강산의 라이트 훅이 우철의 왼쪽 뺨에 작렬했다. 그것으로 독천의 마지막 복서가 링 위에 쓰러졌다.

'괜찮군.'

확실히 내공을 가지고 있기 때문인지 상대하는 맛이 났다. 움직임도 날카로웠고 맷집도 좋아서 손맛도 있었다.

솔직히 이렇게까지 할 생각은 없었다. 그저 인사나 나누고 연습하는 모습이나 지켜보고 돌아갈 생각이었다.

이곳까지 오면서 이서경이 무공에 관한 말을 하지 않았고 정상진이 노골적인 적대감만 비추지 않았다면, 우철이 거북할 정도의 눈길을 보내지만 않았어도 그리했을 일이었다.

"대단해."

이형설이 순수하게 감탄하며 박수를 쳤다.

분명 자신의 선수들이 쓰러진 것은 괴로운 일이었다. 하지만 쓰러트린 선수 또한 앞으로는 자신의 선수였다.

"이사님. 정말 대단한 선수입니다. 어쩌면 복싱의 역사에 한 획을 그을지도 모르겠어요."

"복싱뿐이겠어요?"

"네?"

"그는 스포츠계에 새로운 역사를 쓸 거예요."

자랑스럽게 말하는 이서경의 모습에 이형설은 쓴웃음을 지었다.

"역시 그런 겁니까."

애당초 그녀가 강산이란 선수를 데려오면서 충분히 예상은 했었다. 자신에게 가르쳐 준 무공이란 그것, 그 힘만 있다면 복싱만이 아니라 어떠한 종목에서도 최고가 될 수 있었다.

자신 또한 그런 유혹에 시달렸었다. 스포츠 스타가 되기만 해도 엄청난 부귀영화를 누릴 수 있는 시대였다. 욕심이 생기지 않았다면 거짓말이리라.

하지만 그는 이서경의 생각보다도 더욱 우직한 남자였다. 그녀로 인해 불구가 되었다는 원망보다 그녀로 인해 새 삶을 얻었다고 감사해하는 남자였다.

그래서 그녀의 요구대로 독천의 감독을 맡았고 지금까지 지내올 수 있었다.

그의 그런 생각이 결국 스스로를 구한 셈이었다. 그가 만약 다른 길로 접어들었다면 그에 합당한 대가를 치르게 되었을 테니까.

강산은 둘째 치고 천종설, 뛰어난 능력을 보이는 자들을 눈에 불을 켜고 찾던 그에게 걸렸다면 정상적인 삶은 불가능했을지도 모른다.

"감독님."

이형설은 자신을 부르는 소리에 고개를 돌렸다. 강산이었다.

"감독님 실력도 보고 싶은데요."

의외의 말에 그의 가슴이 뛰기 시작했다. 남들과 다른 힘을 가지게 되면서 수많은 유혹이 그에게 손짓했다. 하지만 참아야 했고 억눌러야 했다. 자신의 힘은 보통 힘이 아니었으니까.

그런데 비슷한 능력을 가진 것으로 추정되는 사람이 겨뤄보자고 한다. 흔하지 않은 기회였다. 그의 눈이 이서경에게로 향했다.

"하세요. 한 번쯤은 자신의 능력이 어떠한지 알아야 하지 않겠어요?"

이형설의 얼굴이 환하게 밝아졌다.

"알겠습니다."

마치 어린아이처럼 좋아하던 그가 글러브를 챙겨 링 위로 올라갔다.

강산은 반대편 코너에 기대어 준비하고 있는 이형설을 바라보았다. 생각보다 안정된 기도. 나쁘지 않은 성취였다.

'그런데 뭘 가르친 거지?'

기도로 보아 마공은 아니었다. 그렇다면 정공인데, 짧은 시간에 저 정도 수준에 오를 만한 정공이 있었나 싶었다.

강산의 생각을 읽은 건지 이서경의 전음이 들려왔다. 무공의 정체를 듣게 된 강산은 웃어야 할지 울어야 할지 모를 애매한 표정이 되었다.

'순양무극공이라니.'

이형설 본인은 어떻게 생각할지 모르나, 강산이 보기에는
참으로 안됐다는 생각이 들었다.

순양무극공(純陽無極功).

분명 빠르게 내공을 쌓을 수 있고 위험도가 극히 적은 도
가 계열의 내공심법이기는 하다. 그러나 남자로서 동정이 갈
수밖에 없는 것은 순양무극공이 바로 동자공이었기 때문이
다.

동정을 유지하지 않으면 깨지는, 여자와 관계를 갖는 순간
내공이 흩어지는 무공이 바로 순양무극공이었다.

이서경, 그녀가 그냥 무공을 전수한 것은 아니었다.

"시작하지."

기합이 잔뜩 들어간 이형설이 링의 중앙으로 나왔다. 강산
은 그의 앞에 마주섰다.

"감독님."

어쩐지 가슴이 짠하다. 순양무극공은 처음부터 동정이어
야 익힐 수 있는 심법이다. 그것을 익혔다는 말은, 그가 사고

가 나는 날까지 총각이었다는 소리다.

확실히 일반적인 사람들과는 달랐다. 이서경이 무공을 가르치게 된 이유도 십분 이해가 갔다.

지금 그의 나이가 대략 서른 초반일 거다. 그런데 아직까지 내공을 간직하고 있는 것을 보면 여태까지 동정이란 소리다.

못생겼냐고?

아니다. 반듯한 이목구비에 호감형의 외모였다. 조금만 웃으면 여자들이 좋아할 만한 얼굴이었다.

그런데도 아직까지 총각이라니.

"아직 결혼 안 하셨나요?"

"결혼? 그건 왜?"

그야 네가 익힌 무공이 동자공이니까 묻는 거지.

현대 사회에서 남자가 동정을 유지하는 경우는 드물다. 아무리 경험이 없는 남자라도 군대를 가게 되면 총각 딱지를 떼는 이들이 대부분이다.

그런데도 불구하고 동정을 유지하는 사람은 독실한 신앙을 가진 사람이거나 집안이 매우 엄격한 경우거나…….

'남다른 취향이 있는 건 아니겠지.'

남색의 경우가 있다.

중원에서도 그런 자들은 있었다. 특히 지독한 색마 중에는 남녀노소를 가리지 않는 쓰레기까지 존재한다.

그와는 다른 이유지만, 동자공을 익힌 자 중에서도 성욕이 왕성한 자들은 유혹을 이기지 못하는 경우가 왕왕 존재하긴 했었다.

하지만 음양의 교합이 아니더라도 색욕을 분출하게 되면 적게나마 공력의 손실을 초래한다. 몽정을 해도 눈물을 흘릴 판국에 남색에 빠진 자들의 말로야 말해 무엇 할까. 그들은 가랑비에 옷 젖는 것도 모르고 뒤늦게 땅을 치며 후회했다.

"수염이 덥수룩하셔서요. 저희 아버지는 어머니께서 항상 챙기시거든요."

어머니는 아버지가 후줄근한 모습으로 다니는 것을 싫어하셨다. 항상 외출을 하실 때면 가장 먼저 아버지부터 챙기고 준비를 하셨다. 부부는 서로를 비추는 거울이라나?

그 덕에 가족이 함께 움직일 때마다 아버지는 누구보다 일찍 일어나셔야 했다. 여자의 외출 준비는 기본이 1시간이다.

"요즘 좀 바빠서. 쓸데없는 소리 그만하고 시작하자."

최근까지 아마추어 최강의 실업팀으로 불리던 독천을 프로로 바꾸려다 보니 신경 쓸 일이 많았다. 좋지 않은 눈초리로 바라보는 연맹의 꼰대도 상대해야 했다.

그러다 보니 신경을 못 썼을 뿐이었다.

"그럼 혹시 신앙이 있으신지……."

강산은 그저 궁금했을 따름이다. 순수한 호기심이었다. 그런데 받아들이는 입장에서는 그렇지 않았나보다.

이형설은 대답 없이 마우스피스를 입에 물었다. 심상치 않은 분위기에 강산도 마우스피스를 물었다. 그러자 곧바로 이형설이 외쳤다.

"공 쳐!"

땡!

이형설이 번개처럼 달려들며 원투잽을 날렸다.

'꼼수를 부리다니!'

강산의 실력은 제대로 견식 했다. 아마추어 최강이라는 네 명의 복서를 모두 KO시켰다. 그런 실력을 가진 녀석이 자신을 상대로 말장난을 쳐서 이기려든다는 생각에 분노가 타올랐다.

자신의 잽을 가볍게 피해내는 모습에 곧바로 달려들며 레프트스트레이트와 라이트훅을 콤피네이션으로 연결시켰다.

파팡!

강산은 글러브 바닥으로 막아내고 잽을 날렸다. 이형설의 몸이 아래로 쑥 꺼지더니 좌측으로 움직이며 보디를 공격해

왔다.

'궁금한데.'

진정으로 궁금했다. 마인으로 살아온 강산은 무언가를 참아본 적이 없었다. 훗날 이서경과 한지겸을 만나기 전까지 그는 내키는 대로, 원하는 대로 살았었다.

중이나 도사들은 그렇다고 쳐도 평범한 사람이 어떻게 지금까지 금욕을 했을까?

강산의 움직임이 달라졌다.

이형설의 펀치가 갈 곳을 잃고 허공을 갈랐다.

'어디냐?'

하지만 그는 당황하지 않고 가드를 올리며 빠르게 빈 공간, 코너 쪽으로 달려가 몸을 돌렸다.

이럴 경우 가만히 있다간 카운터를 맞게 된다. 사라진 상대는 대게 옆이나 뒤로 돌 경우가 많으니 녀석이 없는 공간으로 달려가 대비하면 된다. 특히 코너는 상대가 달려들 수 있는 공간을 한정시키기에 최적의 장소였다.

그런데 없었다. 자신을 따라 붙어야 할 강산의 모습이 전방 어디에도 보이지 않았다.

"말씀해 주시죠."

이형설의 가슴이 철렁 내려앉았다. 강산의 목소리는 바로 뒤에서 들려왔다.

"어떻게 그 나이 때까지 동정입니까?"

기겁을 한 이형설이 저도 모르게 몸을 돌리며 주먹을 휘둘렀다. 회전력을 실어 손등으로 치는 백스핀 블로우였다.

'아차!'

백스핀 블로우는 복싱에서 반칙이었다. 더구나 지금 상황에서는 손등보다 팔꿈치가 닿을 정도로 가까이 있을 것이 뻔했다.

그의 생각대로 강산은 바로 뒤에 있었다. 팔을 멈추기에도, 다른 방향으로 틀기에도 늦었다. 팔꿈치는 이미 강산의 관자놀이에 닿기 직전이었다. 그런데 믿을 수 없는 현상이 눈앞에서 벌어졌다.

'사라져?'

팔꿈치가 닿는 순간, 강산의 모습이 흐릿해지더니 사라졌다. 마치 신기루 같은 현상에 그의 눈이 찢어질 듯이 커졌다.

"그거 반칙인데."

담담한 음성과 함께 옆구리에 충격이 전해져 왔다.

"커헉!"

무공을 익힌 후부터 어지간한 공격은 그에게 큰 고통을 주지 못했다. 내공이 전신을 돌며 어느 정도 신체를 보호했기 때문이다.

그런데 강산의 펀치는 참을 수 있는 한계 이상의 고통을 선사했다.

'역시, 무공을 익힌 건가.'

강산이 무공을 익혔다는 확답을 듣지는 못했다. 그래서 일말의 의심이 남아있었는데… 지금의 충격으로 확신하게 되었다.

쿵!

이형설이 쓰러지며 바닥에 머리를 부딪쳤다. 강산은 그것을 보며 나직이 혀를 찼다.

"너무 강하게 쳤나……."

무공을 익힌 자를 오랜만에 상대하다보니 힘이 과하게 들어가고 말았다.

*　　　*　　　*

집으로 돌아오는 차 안에서 이서경은 연신 웃음을 흘려냈다.

"그만 웃지?"

강산이 불편한 심기를 드러내자 이서경은 소리는 내지 않으려 애썼다. 그래도 웃음은 계속 흘러나왔다.

"차라리 그냥 웃어라."

"푸하하하하!"

갑자기 엄청난 소리로 웃어젖히는 그녀의 모습에 강산은 깜짝 놀랐다.

"아아, 미안, 미안. 너무 재밌어서."

"뭐가 재밌어?"

"그게 궁금해서 신법까지 쓴 거야?"

"그냥은 시간이 걸리겠더라고."

평소 링 위에서는 순수한 육체의 힘만 사용하려 하던 강산이었다. 그런데 오늘 이형설과의 스파링에서 신법을 사용하고 말았다.

이형환위(移形換位).

절정의 경신법으로 잔상이 남을 정도로 빠르게 위치를 바꾸는 상승의 신법이었다.

이형설은 중원의 수준으로 치자면 삼류와 이류 사이의 무인이었다. 솔직히 그나 이서경의 입장에서 보자면 어린애와 같은 수준이라 해도 무방했다.

아무리 동정으로 지낸 이유가 궁금하다고 해도 그런 사람에게 이형환위를 사용하다니, 이서경은 강산의 행동이 너무 재밌고 웃기기만 했다.

"상대해 보니 어때?"

"뭐, 나쁘지 않았어."

내공을 쓰지 않는다고 해도 육신의 움직임에 내공은 동조하기 마련이다. 강산은 그것을 최대한으로 억누르며 링 위에서 왔었다.

무림에서 고수가 하수를 상대할 적에 초식만으로 싸우는 경우가 있다. 내공이 실리지 않은 초식이라 해도 하수에게는 매우 위협적인 이유가 자연스레 고수의 움직임에 내공이 담기기 때문이다.

반대로 초식이 매우 뛰어나면 하수가 고수를 이기는 경우도 있었다. 그러나 그건 매우 드문 일이었다.

어쨌든 그렇게 하는 이유는 하수에게 가르침을 주거나 내공을 사용하지 않아도 될 정도의 격차가 있기 때문이다.

그러한 노력에도 강산은 쉽게 이길 수밖에 없었다. 그가 상대하는 사람들은 내공조차 없는 이들이 허다하거나 있다 하더라도 우철처럼 한 줌도 안 되는 수준이었기 때문이었다.

말하자면 강산은 지금까지 재미가 없었다. 딱히 죽어라 복싱에 매달리지 않고 아르바이트와 공부를 한 이유도 그래서였다.

그랬는데 오늘은 달랐다. 이형환위를 쓴 것은 조금 과하다 싶었지만, 그만큼 이형설은 그에게 약간이나마 흥을 돋게 해주었다.

"어떻게 할 거야?"

"뭘?"

"계속 가르칠까?"

이형설을 계속 가르쳐서 아예 선수로 뛰게 만들겠냐는 이야기다. 그래봤자 크게 다를 건 없겠지만, 나름대로 핸디캡을 가지고 상대한다면 모처럼 즐겨 볼 만할 것 같았다.

"그래서."

"그래서?"

"동정인 이유가 뭔데?"

이서경이 다시 한 번 자지러지는 웃음을 터트렸다.

이형설은 체육관 의무실에서 눈을 떴다.

"괜찮으십니까?"

대기업 실업팀답게 독천은 따로 의무실도 두고 있었다. 독천의 전담의사는 그가 깨어나자 다가와 상태를 살폈다.

"네. 괜찮습니다."

나이가 지긋한 의사는 간단하게 진찰을 하고 고개를 끄덕였다.

"크게 이상은 없습니다. 하지만 어지럽다거나 구토 증상이 느껴지시면 바로 말씀해 주십시오. 그땐 정밀 검사를 받으셔야 합니다."

"네."

침대에서 일어난 이형설은 의사에게 인사를 건네고 밖으로 나왔다.

"후우."

한숨이 절로 나왔다.

이서경에게 무공을 배우게 된 후로 여러 방면으로 자료를 찾아보았다. 황당무계한 이야기가 많았다. 그저 이야기 속에서나 나오는 것들인 줄 알았었는데, 오늘 겪어보니 아니었나 보다.

"이형환위인가."

잔상을 남겨두고 뒤에서 나타난 강산. 만화책이나 무협소설에서 흔히 나오는 이형환위가 분명해 보였다.

욕심이 생겼다. 그저 사람들이 만들어낸 상상의 산물이라 생각했던 무공을 자신이 배우고 있다. 그리고 있을 수 없는 실체도 오늘 일부 엿보았다.

자신도 열심히 노력하면 가능할까?

"마지막 질문이에요. 형설 씨는 지금까지 여자와 동침한 적이 있나요?"

한창 재활 치료 중인 그에게 이서경이 찾아왔다. 이것저것

질문을 해왔고 마지막 그녀의 질문은 조금 당황스럽기까지 한 것이었다.

숨기고 살아왔던 그의 꿈.

이 시대의 마지막 로맨티스트.

그의 아버지는 시인이었다. 떨어지는 낙엽에도 눈물짓던 아버지는 뼛속까지 시인이셨고, 어머니가 병으로 돌아가셨을 때에도 내일 먹을 쌀이 없을지라도 문학을 포기하지 않으셨다.

그런 아버지가 이해가 되지 않으면서도 거기에 물든 그는 낭만주의자였다. 사랑이 없으면 관계조차 갖지 않으려는, 누군가 들었다면 웃을 만한 그런 것이 그의 사랑에 관한 신념으로 자리 잡았다.

거기에는 어머니가 돌아가실 때까지 아버지를 한 번도 원망하지 않았다는 사실이 한 몫 단단히 거들었다.

더구나 그 신념에 따라 여자도 처녀여야 한다는 고집이 있었다. 그리고 여자가 처녀여야 하니 자신도 총각이어야 한다는, 그런 의리를 지키는 남자였다.

원래 그것까지 말할 생각은 없었다. 하지만 이서경은 단호했다. 끝까지 그 이유를 들으려 했고 말해주어야 했다.

그리고 각오했었다. 그녀의 비웃음을.

"멋지군요. 요즘도 당신 같은 사람이 있다니."

그는 몰랐을 거다. 이서경 또한 지고지순한 사랑을 한 여인이라는 것을.

"아아, 모르겠다. 이러다 진짜 죽을 때까지 노총각으로 살게 생겼네."

무공을 전수하며 그녀는 말했었다. 한 번이라도 여자와 관계를 갖게 된다면 모든 것을 잃게 될 거라고.

무공의 효능을 톡톡히 체험한 그는 그 말을 믿을 수밖에 없었다. 그래서 지금까지 뒤도 돌아보지 않고 열심히 수련해왔다.

"그래도 한 번 해보자. 사랑은… 꼭 육체적인 것만 있는 것은 아니니까."

끝까지 신념을 굽히지 않는 그는 꿈에도 모를 것이다.

동자공도 경지에 이르면 이성과의 관계가 가능하다는 것을 말이다.

이서경은 그가 죽을 때까지 경지에 오를 수 없을 거라고 생각했고 중간에 동침을 하게 될 거라 생각했기에 말해주지 않은 그 사실을 말이다.

* * *

과거 중원에는 전쟁이 끊이질 않았다. 특히 550여 년 가까이 지속된 춘추전국시대에 죽은 사람의 수는 헤아리기 두려울 지경이었다.

당시의 중원에는 의협이 없었다. 배신과 배반이 판을 쳤고 억울하게 죽은 이도 많았었다. 서로 죽고 죽였다. 사방에 보이는 거라곤 시체요, 시체를 파먹는 들짐승뿐이었다.

그런데도 전쟁은 끊이지 않았다. 강제 징용된 아버지와 자식들은 어딘지 모를 곳에 가서 돌아오지 않았다. 사람들은 슬픔에 휩싸였고 가족을 잃은 아픔에 괴로워했다.

비참한 그 시절에 더욱 기괴한 소문이 돌기 시작했다. 죽은 시체가 일어나 사람들을 헤친다는 것이었다.

소문이 사실로 확인되고 사람들이 두려움에 떨 때쯤, 도교의 한 교파에서 도사들을 세상으로 내보냈다. 그들은 되살아난 시체를 제압하고 수습하여 최소한의 사례만 받고 시체를 가족의 품으로 이끌었다.

그들이 시신을 운반하는 방법이 바로 강시술이었다.

부적을 이용해 시신을 제압하고 운반하는 강시술 덕분에 사람들은 움직이는 시체를 강시라 부르게 되었다. 그리고 그들 덕분에 도교의 교세는 더욱 빠르게 확산되기 시작했다.

"원한이 깃든 시신은 악귀가 된다는 믿음이 팽배했었지. 실제로 죽은 시체가 일어나 사람들을 해치기도 했고 말이야. 도사는 그야말로 사람들의 구세주나 다름없었지."

국정원 감사팀의 박재철은 커다란 상자가 놓인 전동 수레를 끌며 천종설의 뒤를 따르고 있었다. 상자는 가로 1미터, 세로 2미터, 높이 2미터의 크기였다.

"강시를 수습하고 세상이 안정이 될 때쯤, 그들의 교파가 세상에 모습을 드러냈어. 바로 모산파라는 곳이었지."

중원에 도교가 융성하게 된 이면에는 그들의 역할이 컸다. 당시 중원 최대의 영향력을 행사한 곳은 소림사나 무당이 아닌 바로 그들 모산파였다.

"모산파는 따지자면 중원의 은인이나 다름없는 문파였어. 그런데 그런 문파가 생각보다 일찍 사라졌지. 왜 그랬는지 알겠나?"

"글쎄요."

"그들에게는 강시를 제압하고 운송하는 방법만 아는 것이 아니었거든."

모산파는 강시를 제압하는 술법만이 아니라 만드는 방법까지 알고 있었다. 그걸 알게 된 무림의 문파들이 그 제조법을 탐했고 모산파는 소리 소문 없이 사라지게 되었다.

"사람의 욕심이란 것이 참으로 대단해. 같은 도교 문파 중에 두 번째의 규모를 가진 무당파조차 그들을 외면했으니. 그들은 모산파가 사술에 치우쳤다며 한발 물러섰지. 그게 바로 중원이란 곳이었어."

"재밌는 이야기군요. 그런 허무맹랑한 이야기를 차장님께서는 믿고 계시다는 말씀이십니까?"

박재철의 입에서는 불신의 목소리가 흘러나왔다. 평범한 사람이라면 당연히 믿을 수 없는 이야기였다.

천종설은 말없이 문 앞에 섰다.

[3]

달랑 숫자 하나만 쓰여 있는 방, 바로 국정원 3실 감사팀의 방이었다.

"들어가지."

다른 방과는 다르게 문이 두 개 달린 양문형 출입구였다. 제압된 사람을 두 사람이 끌고 들어갈 수 있도록 만든 것이다.

문을 활짝 열고 천종설이 들어갔다. 문의 크기만큼이나 넓은 복도를 지나 두 명의 요원이 지키고 있는 엘리베이터 앞에 도착하자 간단한 신원 확인을 거치고 엘리베이터에 오를 수 있었다.

"내가 생전에 여길 올 줄은 몰랐는데 말이야."

"누구나 그렇게 생각하죠."

숫자는 표시되지 않았다. 그러나 엘리베이터가 지하로 내려간다는 것은 느낄 수 있었다.

문이 열리고 또 다른 복도를 지나 마지막에 들어선 곳은 직경 10미터 정도의 공동이었다.

공동의 중앙에는 이동식 철제 침대가 놓여 있었고 내부의 온도는 서늘했다. 바로 침대 위에 있는 시체 한 구 때문이다. 천종설은 거침없이 시체의 앞으로 다가갔다.

─천종설 차장보. 어서 오시게.

"기다리게 해서 죄송합니다. 생각보다 준비가 오래 걸려서요."

─자네가 요구한 시신을 찾는 일이 까다로워서 말이야.

"그러시겠죠."

죽은 지 3일 이내의 시체일 것, 나이는 20대 초반, 건강상 문제가 없어야 하고 사지가 멀쩡한 상태여야 한다.

그가 요구한 시신의 상태였다.

건강하고 사지가 멀쩡한 죽은 사람, 어떻게 보면 참으로 찾기 힘든 조건이다. 그리 죽으려면 갑작스런 심장마비라도 걸리지 않는 이상 불가능한 일이다.

물론 구하자면 쉽게 구할 수 있는 것이 벽 너머에 있는 자들이다. 그들은 단지 확신이 필요했던 것이다.

천종설은 기감을 끌어올렸다. 벽 너머에 있는 사람은 총 다

섯 사람. 보지 않아도 누군지 대략 알 수 있었다.

국정원장, 1, 2, 3차장, 그리고 기조실장이다.

—생각보다 많이 야위었군. 그간 대체 뭘 하고 있었던 건가?

"오늘 보여드릴 것을 준비하고 있었지요."

—그래. 자네가 보여주려는 것이 일종의 생화학 무기라는 건가?

"그것과는 조금 다릅니다."

—어떻게 다르지?

천종설의 손짓에 박재철이 전동 수레를 침대의 곁으로 끌고 왔다. 수레 위에 있던 상자의 지문인식기에 그가 손가락을 대자 철컥거리는 소리가 울리며 상자의 상부가 열렸다.

"크흡!"

상자 안에서 짙은 피 냄새가 흘러나왔다. 피 냄새에 익숙하다 못해 산소처럼 들이킬 수 있는 박재철조차 숨이 턱 막힐 정도로 진한 혈향이었다.

—뭐하는 짓이지?

"원장님이 생각하시는 그런 건 아닙니다. 안심하시길."

박재철의 행동에 독가스 종류의 생화학 무기인가 의심하던 원장은 한동안 침묵을 지켰다.

'소심하기는.'

뒤로 물러난 박재철을 살피는 것이리라. 약간의 시간이 지나고 박재철이 몸을 바로 했다.

"죄송합니다. 냄새가 너무 고약해서."

─자네가 그런 말을 할 정도란 말인가?

─내부 오염… 정상입… 다.

스피커에서 기조실장의 작은 목소리가 들렸다. 그가 동공의 상태를 모니터링 중인 것 같았다.

"농담으로라도 맡아보란 소리가 안 나옵니다."

─흠. 대체 그게 뭔가?

"여러 약재와 피가 섞인 혼합물입니다."

─약재와 피?

"제가 구할 수 있는 재료에는 한계가 있기에 오늘 이 자리를 요구한 것입니다. 만약 지금 하는 실험의 결과에 만족하신다면 지원을 해주셨으면 하니까요."

─지원이라.

"백문이 불여일견이라. 직접 보시는 것이 빠르겠지요."

박재철과 함께 시체를 들어 상자 안에 조심스럽게 넣었다. 진득거리는 검붉은 액체가 서서히 시체를 삼켜갔다.

"30분 정도 걸릴 겁니다."

[00:30:00.00]

상자가 닫히자 옆면에 시간이 표시되었다.

'후우.'

천종설은 남몰래 한숨을 내쉬었다.

온라인으로 온갖 것을 구할 수 있는 세상이라고 해도 그가 필요로 하는 최상의 재료를 구하는 데는 한계가 있었다. 개인의 힘으로는 구할 수 없는 영약들, 존재하되 존재하지 않는 영약을 구하려면 국가의 조력이 필요했다.

이건 거래였다. 그리고 사기였다.

부인을 되살리기 위해서 필요한 약재를 충당하고 그들에게는 가장 저급한 강시의 제조법을 알려줄 생각이었다. 그 정도만 되어도 충분하리라 여겼다.

지금 만드는 건 기본적인 강시였다. 가장 약하고 급이 낮은 강시로 일반인보다 약간 강한 힘에 죽은 사람답게 끝없는 지구력 정도를 지닌 것이 전부였다.

'그것도 3분 정도지만.'

오래 버틸 수 있는 강시도 만들 수 있었다. 그러나 오늘은 맛만 보여주고 긍정적인 반응을 끌어내야 한다.

벽 너머에서는 자기들끼리 이런저런 의견을 나누고 있을 것이다. 지금 상황에서 그들이 유추할 수 있는 유일한 것은 시체가 일어나는 일일 테니까.

본래 강시에 약물을 주입하는 일은 시간이 많이 걸린다. 그것을 줄여준 것이 눈앞에 있는 상자였다. 이것을 만들기 위해 그의 진법에 대한 지식이 한층 더 깊어지기까지 했다.

천종설은 시간이 거의 다 되어가자 슬쩍 박재철의 뒤로 물러났다.

"수고 좀 하시게."

박재철은 자신의 어깨를 두드려 주고 뒤로 물러나는 천종설을 힐끗 쳐다봤다. 갑자기 뭘 수고하라는 건지 모르는 눈치였다.

[00:00:00.00]

삐빅, 치이이—

0초가 되자 상자에서 지독한 냄새의 수증기가 뿜어져 나오며 뚜껑이 천천히 열렸다.

뚜껑의 밖으로 손이 튀어나왔다.

"크흐—"

기괴한 소리와 함께 손이 상자의 끝을 잡았다. 그리고 그것이 모습을 드러냈다.

—설마!

국정원장의 목소리에 격한 놀라움이 묻어나왔다. 진짜로 시체가 일어날 줄은 몰랐던 것이다.

"크하아—!"

막혀있던 숨통을 트여내는 모양이다. 깨어난 시체, 강시의 입에서 짙은 김이 흘러나왔다.

"이런 말도 안 되는 일이……."

박재철이 놀란 눈으로 뒤를 돌아보았다. 언제 저기까지 갔는지, 입구까지 물러선 천종설이 보였다.

"자네 한 주먹 한다던데."

천종설이 이를 드러내며 하얗게 웃었다.

지금 선보인 강시는 특별히 제어할 진식을 각인하지 않았다. 그 말은, 강시는 깨어나 가장 가까이에 있는 산 자를 공격한다는 말이었다.

"크아아!"

상자에서 빠져나온 강시가 박재철을 향해 달려들었다. 그 순간 상자의 옆면에 다시 시간이 표시되었다.

[00:03:00.00]

"차장보님!"

박재철이 악다구니를 쓰며 강시의 공격을 막았다. 육중한 충격이 팔뼈를 짜르르 울리게 만들었다.

"걱정 말라고. 3분만 버티면 되니까."

감사팀장 박재철은 살인병기라고까지 불리는 요원이었다. 그가 현장에서 현역으로 뛸 무렵에는 북한에 단독으로 잠입해서 수령의 목까지 딸 수 있다는 평을 받았던 사람이었다.

그런 그가 강시를 상대로 연신 뒤로 밀리고 있었다.

―천종설! 뭐하는 짓인가! 당장 멈추게!

"멈추라니요. 제대로 위력을 보여주자면 실전이 최고이지 않겠습니까? 더구나 3분만 버티면 됩니다. 국정원 최고의 실력자인데 그 정도 못 버티겠습니까?"

박재철이라면 충분히 버틸 수 있었다. 물론 이렇게까지 하지 않아도 되는 일이었지만, 감사팀은 차장보인 천종설조차 좋아하지 않는 부서였다는 것이 문제였다.

강시와 인간의 대결이 끝났다. 박재철은 피와 땀으로 범벅된 모습으로 숨을 헐떡이고 있었다. 다행이도 피는 그의 것이 아니었다.

"빌어먹을."

어지간해선 욕을 하지 않는 그의 입에서 욕이 흘러나왔다. 팔을 꺾고 다리를 분질러도 끈질기게 덤비는 강시에게 완전히 질려 버린 것이었다.

"어떻습니까? 지금 건 미완성입니다. 본래는 제어까지 완벽하게 가능한 놈이지요. 지원만 해주신다면 완벽한 녀석으로 보여드릴 수 있습니다만."

이 정도면 충분하게 보여주었다. 남은 것은 그들의 선택이었다.

강시의 효용은 무궁무진하다. 적국에 밀어 넣을 수도 있지만, 현대 과학이라면 강시가 움직이는 메커니즘을 연구하여 의학이나 다른 방면으로 쓸 수도 있을 것이다.

'허가할 수밖에 없을 거다.'

대통령 직속기관이라 하지만 국정원 내부에서 하는 모든 일이 보고되는 것은 아니다. 그건 이 자리에 참석한 사람들만 따져 봐도 알 만한 일이었다.

만약 대통령에게까지 보고가 되었다면 최소 비서실장, 또는 국방부 장관 정도가 왔을 터다. 하지만 오늘 참관한 자들은 국정원 내부 인물밖에 없었다.

과정은 중요치 않았다. 결과가 중요했고 결과가 훌륭할 때 비로소 보고를 한다. 그게 국정원 이면의 일처리 방식이었다.

─일단 돌아가 근신하고 있게.

천종설의 입가에 메마른 미소가 걸렸다.

시체를 이용해 강시를 만드는 행위는 비도덕적 행위다. 그런데도 이들은 거절하지 않았다.

"알겠습니다."

근신하란 말은 긍정적으로 검토할 테니 집에서 몸 사리고 기다리란 말이었다.

천종설은 아직까지 다리를 후들거리며 서 있는 박재철의 어깨를 두드려 주고 공동을 나섰다.

이제는 되었다. 국정원은 은닉 예산으로 그를 지원할 것이고 그 정도 지원이면 그의 부인을 되살릴 수 있었다.

자신이 죽지 않는 이상, 영원히 곁에 있어줄 천마수라강시(天魔修羅剛屍)의 모습으로 말이다.

『완벽한 인생』 4권에 계속…

현대백수 장편 소설

FUSION FANTASTIC STORY

간웅

뇌성벽력이 치는 어느 날!
고려 황제의 강인번을 들고 있던
어린 병사가 낙뢰를 맞고 쓰러졌다.

하지만… 다시 눈을 뜬 이는
현대 대한민국에서 쓸쓸히 죽은
드라마 작가 지망생.

고려 무신 시대의 격변기 속에서 눈을 뜬 회생[回生].
살아남기 위해! 죽지 않기 위해!
그의 행보로 인해 고려는 서서히
변하기 시작하는데…….

치세능신 난세간웅(治世能臣 亂世奸雄)!

격동의 무신 시대!
회생, 간웅의 길을 걷다!

Book Publishing CHUNGEORAM

 유행이 아닌 자유추구 -
WWW.chungeoram.com

절정고수들이 하늘 높은 줄 모르고 질주하는 현 세상.
서른여덟 개의 세력이 서로를 견제하는 혼돈의 시대.

그 일촉즉발의 무림 속에
첫 발을 디딘 어린 소년.

"나는 네가 점창의 별이 되기를 원한다."

사부와의 약속을 지키고
난세로 빠져드는 천하를 구하기 위해
작은 손이 검을 들었다!

박선우 新무협 판타지 소설 FANTASTIC ORIENTAL HE

풍운사일

Book Publishing CHUNGEORAM

내일을 향해 쏴라

김형석 장편 소설

FUSION FANTASTIC STORY

1만 시간의 법칙!
'성공은 1만 시간의 노력이 만든다' 는 뜻이다.

그러나…
사회복지학과 복학생 수.
전공 실습으로 나간 호스피스 병동에서
미지와 조우하다.

1만 시간의 법칙?
아니, 1분의 법칙!

전무후무한 능력이 수에게 강림하다!
맨주먹 하나로 시작한 수의
인생역전이 시작된다!

Book Publishing CHUNGEORAM

청어람 이산저작연구소
WWW.chungeoram.com